豊子愷児童文学全集　第2巻

少年音楽物語

豊子愷
Feng Zikai

日中翻訳学院
藤村とも恵［訳］

日本僑報社

推薦の言葉

中国児童文学界を代表する豊子愷先生の児童文学全集がこの度、日本で出版されることは誠に喜ばしいことだと思います。溢れでる博愛は子供たちの感性を豊かに育て、やがては平和につながっていくことでしょう。

二〇一五年盛夏

海老名香葉子

エッセイスト、絵本作家

まえがき

王泉根①

「大人が子供向けに書く文学」という特性を持つ児童文学は、その創作方法と伝え方によって二世代間での精神的な対話と文化普及の期待値が決まる。したがって児童文学の発生や発展の根本は、大人が子供に接する態度と児童観をいかに理解するかということにある。国内外の児童文学の発展で明らかなように、児童文学がある時期、もしくはある地域において驚くほどの発展をみせるのは、その時期、もしくはその地域において子供を心から愛し、子供のために喜んで物事をなし、そして子供のために何かをしてあげられる人たちがいたことと深く関係している。

二十世紀前半の中国社会において、豊子愷はまさにそのような人であった。豊子愷（一八九八―一九七五）は、画家、芸術教育家、翻訳家、散文作家という様々な肩書を持つと同時に、大変な子供好きで、多くの児童漫画を描いた漫画家であり、児童を題材にした児童文学を数多く残した作家でもあった。大の子供好きであった豊子愷の子供に対する愛は崇拝といえるほどで、「天上の神と星、この世の芸術と子供、この四つのことで私の心は占められている」と語った。また、子供のことを「天と地の間でもっとも健全な心を持ち、徹底して偽りなく純潔」な人と考え、自分の子供が子供のままでいて、ずっと童

① 王泉根　著名な児童文学研究者。一九四九年生まれ。北京師範大学教授。中国児童文学研究中心主任、アジア児童文学学会副会長。中国児童文学博士課程初の指導教官。国家社会科学基金評議審査専門家。著書に『現代中国児童文学主潮』『王泉根論児童文学』等、編著に『百年百部中国児童文学経典書系』『中国児童文学60周年典蔵』がある。

心の世界の楽しさと真実の中にいてほしいとまで願っていた。このため大変な失意の中で『送阿宝出黄金時代（黄金時代から阿宝を送り出す）』という散文を書いた。彼は自身の子供たちの成長を喜びながらも、子供たちが童心に別れを告げることに心を痛めていたのだった。

これこそが豊子愷なのだ。無垢な童心で描くのは、おのずと「青春はその眼差しと熱い童心にある」という言葉のように、元気いっぱいの子供の世界である。豊子愷の描く児童漫画は、まさしく現代中国の児童漫画の逸品である。描かれる子供の様子やその性格、情緒、無邪気さ、愉快さは、見る人を絵の中の子供になって、子供時代に戻りたくなるような気持ちにさせる。彼の児童文学――童話、物語、散文などは、そのすべてが子供の世界を描いた素晴らしい作品である。

文学創作の貴さは「誠」にある。とりわけ児童文学は、誠意と真心があってこそ、描かれる人物のイメージが感動を与え、心に残り、影響を与える。童心のかけらもなく、子供への愛情もなく、子供のためにすべてを捧げる精神も持たず、陳伯吹氏の述べる「子供の視点から出発し、子供の耳で聞き、子供の目で見、特に子供の心で体験することに長けている」というような子供の立場と視点がなければ、本当に子供が好む作品は書けない。たとえ一時は良いと言われたとしても、後世に伝えられることは難しい。豊子愷の児童文学作品が、彼の児童漫画と同様、半世紀を経た今でも依然として子供から大人まで幅広く読まれているのは、子供に対する誠意と真心と愛情があるからなのだ。

作家の創作動機と実際に受け取る側の子供の角度から考察すると、豊子愷の児童文学作品は「子供本位」と「子供本位でない」作品に大きく二分される。「子供本位」の作品は、主に童話、音楽物語、美術物語などで、明らかに子供のために書かれたものであり、作品の内容もすべて子供の目線である。「子供本位でない」作品は、主に自身の「ツバメのヒナのように可愛い子供たち」を対象として書かれた散文であり、これらの作品は優しくて温厚な父親のこの上ない慈愛が随所にあふれているほか、子供の世界を通して現実社会の悟りや感嘆、感慨、その背後にある複雑な人生哲学を表現している。しかし、「子供本位」であるかないかにかかわらず、いずれの作品も子供から受け入れられ、好かれる理由は、上述のように、豊子愷の子供たちに対する真の思いであり、その真の思いが児童文学の真価を作り上げたのである。

豊子愷の児童文学作品は内容に富み、ジャンルも多岐にわたっている。これまでに、違うスタイルで単行本を出版したことはあるが、全作品がそろった『豊子愷児童文学全集』の出版は初めてである。この度、中国外文局海豚出版社にご尽力いただき、豊子愷の童話、児童散文、児童物語を七冊にまとめて出版していただいた。これは新世紀の児童文学と子供向けの出版にとって本当に喜ばしいことである。

この『豊子愷児童文学全集』が中国の子供たちから好かれ、子供たちの心と体の成長に連れ添うと同時に、海豚出版社の海外ルートを通じて、世界の子供たちにも歓迎されることを信じている。童心に国境はなく、愛は無限であり、優秀な児童文学作品は時も国をも越えるだろう。

二〇一一年四月十二日　北京師範大学文学院にて

もくじ

ドレミの詩

大雪は大晦日から元日の朝にかけてずっと降り続き、一面真っ白におおわれた中庭の古い梅の木が、ご飯に挿した黒檀の箸のように雪から二本突き出ていた。

その庭では、黒い防寒着を着て、チャップリン風の黒い山高帽をかぶり、黒いブーツをはいた全身黒ずくめの王さんが、竹ぼうきで雪かきをしていた。ぼくたちが出入りしやすいように、門から母屋の窓のところまで道をつくってくれているのだ。王さんの白いひげは雪に照らされて一層白くなり、まるで魚の骨みたいだ。ぼくは母屋の前でマフラーを巻き袖口に手を入れて雪かきを見ていたけれど、ちょっぴり不安だった。王さんは、父さんの乳母のご主人で今年六十一になる。家族をみな亡くし、家も焼けてしまった身寄りのない王さんは、行くあてもなく、我が家にやって来たのだった。父さんはそんな王さんを引き取り、門のそばの平屋に住まわせて衣食を提供し、死ぬまで面倒を見ると言った。ぼくは、その「死ぬまで」という言葉が怖かったのだ。でも、よく考えて、人助けなんだと思い至り、ようやく安心した。

王さんは梅の木のあたりまで雪をかくと、腰でも痛くなったのだろうか、片手を東側の梅の木にかけ、もう一方の手でほうきを支えにして立ったまま休んだ。ぼくはこの光景がとても絵になると思った。一面雪景色の中の老いた梅の木、その木には雪のように白い梅の花が咲き、おじいさんがほうきを支えにして木のそばに立っている。感動的な絵ではないだろうか。

そこへ父さんが出てきて、中庭を見渡すと大声で叫んだ。「おお、ドレミファソラシ！」

ぼくはおかしくて吹き出し、「どうして雪かきをしている王さんに向かって音階を歌うの？」と聞いてみた。

すると父さんは「子供のころ、歌の先生が音階を『独（duド）攬（lanレ）梅（meiミ）花（huaファ）掃（saoソ）腊（laラ）雪（xueシ）』というように教えてくれたんだ。今の王さんはまさに『独攬梅花掃腊雪（梅花を我が物とし、十二月の雪をかく）』じゃないか！」と言うと、この詩の一文字一文字の意味を教えてくれた。ぼくは繰り返して何度か読み、そして笑って言った。「なるほど！　じゃ、音階が下がるときは『雪腊掃花梅攬独』だね。どういう意味？」父さんは笑いながらぼくの頭をなでて、「それは王さんにはできないね。おまえがやってごらん！」と言い、そのまま歩いて行って王さんとおしゃべりを始めた。

ぼくが一人考えているところへ、突然珍しい人が現れた。半年前に家を離れ、昨晩雪の中を帰って来た姉さんだった。昨日帰って来た時にはもう暗かったので、ぼくには姉さんがちゃんと見えなかった。夏休みの終わりに別れて以来、久しぶりに姉さんをきちんと見て、ぼくはすごく違和感を覚えた。だって目の前の姉さんは、感情や態度、口調や笑い声は変わらないのに、顔や体つきが違う人みたいだったから。顔は日に焼けて黒くなり、体も大きくなって、姉さんじゃないみたいだ。前に母さんがこんな話をしてくれたことがある。「人は死んだら、ほかの人の魂が入って生まれ変わるのよ。体は自分だけれど、魂はほかの人と入れ替わるの」今の姉さんはその話と逆で、魂は姉さんだけれど、体がほかの人と入れ替わってしまったみたいだった。

　でもそれはしばらく会っていなかったせいで、数分後には違和感はなくなっていた。以前、服を着替えてきた姉さんを見たときのように、それは見た目の変化であって、どう変わっても中身はやはり姉さんだった。離れていたときは、ずっと姉さんとあれこれ話したいと思っていたのに、いざ会うと何も言葉が出てこなかった。ぼくたちは自然と半年前まで二人の美術室だった母屋の隣の部屋に行き、青白い雪の光が映る椅子に向かい合わせに座った。そしてぼくは父さんが歌った音階のことを話した。「さっき父さんから聞いたんだけれど、子供のころ『独攬梅花掃腊雪』って歌っていたんだって。おもしろいね」

「父さんが子供のころに使っていた歌の本を見たことがあるわ。最初のページに一から七まで数字が書いてあって、その数字の下に『独攬梅花掃腊雪』の詩があったの。私もおもしろいと思ったわ。昔の人は、外来語を中国に昔からあったかのように訳したがったの。この七文字は外国では意味がないのに、音階までそんなふうに訳す必要があったのかしら。前に中学校の音楽の先生が教えてくれたんだけれど、この七文字が発明される前の中世ヨーロッパで、ある宗教音楽の作曲家が七センテンスの讃美歌を作曲したそうよ。各センテンスの最初の音がちょうど音階順の七つの音で、それぞれの歌詞の最初のつづりがdo、re、mi、fa、sol、la、siだったから、のちにこの七文字で音階を歌うようになり、『階名』と呼ぶようになったそうよ」

「姉さん、『音名』と『階名』では一体何が違うの？　小学校の先生はちゃんと説明しなかったよ」

「六年生の音楽の先生は誰だったの？」

「華明くんのお父さん、華先生だよ。絵を教えるのは上手だったけれど、音楽はだめみたい。歌は教えてくれたけれど理論を教えてくれなかったから、今でも五線譜の読み方がよくわからないんだ」

「五線譜の読み方は、基礎理論で一番簡単だから、すぐに覚えられるわよ。一番大切なのは音楽の性質と構成で、音楽を勉強するなら必ず学ばなくちゃいけないの。さっきの『音名』と『階名』の違いなんかは、音楽の性質と構成を理解する初歩の初歩よ。違いは簡単。オルガンの鍵盤にはそれぞれ名前が付いていて、CDEFGAとBを入れ替えることはできないでしょう？　これが『音名』よ。でも、歌を歌う場合はどの鍵盤でもドになる、つまりどの音名でもドになるの。このドレミファソラシが『階名』で、こちらは固定じゃなくて動かせるのよ。簡単でしょう？　もっとおもしろいのは、ドレミファソラシの性質だと思うわ。私たちの先生が興味深い例えを教えてくれたの。七つの音階は家族みたいだって。ドは音階の中心、一番大切でよく使い、ちょうど家族の主みたいだから『主音《しゅおん》』と呼ぶの。ソは主音と最も調和し、主音を補佐して和音を奏でるのよ。主婦のように主人に従属するから『属音《ぞくおん》』ね。ミとラも主音と調和して主音を補佐し、和音を奏でるわ。主音や属音ほど大事じゃないけれど、それでもよく使われるからミは『中音《ちゅうおん》』、ラは『下中音《かちゅうおん》』というの。ミはこの家の息子で、ラは娘みたいね。この四つの音はとても大事でよく使うから、親子四人が一家の主人よ。それから、レは主音の上だから『上主音《じょうしゅおん》』といって、男性のお手伝いさんみたい。ファは属音の下だから『下属音《かぞくおん》』といって、メイドさんね。シは次の音階に移るのを導くための音だから『導音《どうおん》』っていうの。先生は家の門番みたいだって言っていたわ。例えがとてもぴったりでおもしろい……」楽しくなったぼくは、こらえきれずに姉さんの話をさえぎった。

「あ！　家族ってぼくたちのことだね。父さんがド、母さんはソ、ぼくがミで姉さんがラ、四さんがレで徐さんがファ。今度来た王さんがシだ。ははは、ぼくたちは音楽家族だ！」

「あけましておめでとう！」と華明くんの声が聞こえて、ぼくたちは飛び出した。ぼくの話も華明くんにさえぎられた。

食卓での変調

夕食の時、変な感じがした。

半年前、姉さんが街の中学校の寮に入ったので、食卓を囲むのは両親とぼくの三人になった。食事のときに左右を見ると、必ず母さんの優しい顔と父さんの笑顔があり、それは半年間見慣れた光景だった。でも今晩は違う。母さんではなく姉さんのふっくらとして整った顔がある。学校は今日から冬休みで姉さんは午後には帰ってきたのに、母さんは隣のおばさんの家の婚約祝いに招かれて出かけたので、食卓の光景が一変して変な感じがしたのだ。

何が違うんだろう。うまくは言えないけれど、これまでは大人が二人で、母さんは楽しいおしゃべりが好きだからにぎやかだったのに、今晩の食卓にいるぼくと姉さんはまだ子供で、しかも姉さんは穏やかで物静かだからひっそりしているんだ。「母さんじゃなくて姉さんがいるから、今日の夕食は変な気がする」と、思ったことが口をついて出た。

「長調から短調に変わったんだから、変なのは当り前よ」と姉さんが言った。

ぼくはふと、正月休みに「父さんがド、母さんはソ、姉さんがラで、ぼくはミ」と例えたことを思い出した。

姉さんが今言った「長調から短調に変わる」というのは、きっとこの話と関係があるはずだ。これまでの食卓はド、ミ、ソで、今晩はラ、ド、ミ。長調と短調の違いは、きっとここにあるんだ。ぼくは姉さんに聞いた。「長調から短調に変わったっていうのは、つまりド、ミ、ソがラ、ド、ミに変わったっていうこと? 先生も話してくれたことがあるけれど、まだよくわからないんだ。どうしてド、ミ、ソが長調で、ラ、ド、ミが短調なの? 姉さん、ちょっと簡単に教えてくれない?」

姉さんは父さんの前ではとても謙虚で、首をかしげて笑いながら言った。「私もうまく説明できないわ。でもド、ミ、ソをよく使うのが長調で、ラ、ド、ミをよく使うのが短調の音楽だというのは知っているわ。どうして長調、短調と呼ぶのかは、父さんに聞いてみてよ」

ぼくが答える前に父さんが口を開いた。「お前たちは父さんをド、母さんをソ、自分たちをラとミに例えているのか。ぴったりでおもしろいな。じゃあ七音階のほかの音はどうなる?」

ぼくと姉さんは競って言った。「徐さんがファで、四さんがレ、門番の王さんがシだよ。ぼくたちは音楽一家だよ!」

父さんはそれを聞いて吹き出した。

「どうしてド、ミ、ソが長調で、ラ、ド、ミが短調なの?」ぼくはもう一度聞いた。

「ド、レ、ミ、ファ、ソ、ラ、シは長音階といい、長音階で作った曲を長調楽曲というんだ。同様にラ、シ、ド、レ、ミ、ファ、ソは短音階で、短調楽曲だね。音楽では第一音、第三音、第五音をよく使うから、長音階でよく使うド、ミ、ソは長調の代表、ラ、ド、ミは短調音階でよく使うから短調の代表なんだ。食事が済んだら試しに歌ってごらん。『ド、ミ、ソ、ド（第一音繰り返し）』と歌えば、母さんが家にいるときのようににぎやかで力強い感じが、『ラ、ド、ミ、ラ』と歌えば、母さんと姉さんが入れ代わったように静かで線の細い感じがするよ」

ぼくはまだ食べ終わっていないけれど「ドーミーソードー」「ラードーミーラー」と歌ってみた。不思議だ、前者は陽気でにぎやかな感じなのに、後者は陰気で静かな感じがする。その違いはソがラに、母さんが姉さんに替わったからだ。ぼくは思い付いて独り言を言った。「あ、わかった。母さんは姉さんより背が高いから、母さんが長音階で姉さんが短音階なんだね」父さんと姉さんが笑い出し、ぼくは自分でもおかしくなった。「それなら、どうして『長』『短』という字で区別するの？」

父さんは急いでご飯を食べていて、返事をしなかった。姉さんは自信がなさそうに「長三度と短三度の違いでしょ」と小声で言いながら父さんの顔を見た。茶碗のご飯を食べ終えた父さんはうなずいて「さすがお姉さんだね。その通りだよ。じゃあ、長三度と短三度とは何だい？　おそらくまだ知らないだろうから、食事が済んだら教えてやろう」と言った。

ぼくはあわてて父さんの茶碗に手を伸ばし、「ご飯をよそうから、今教えてくれない？」と頼むと、父さんは笑ってこう続けた。「知っているかい？　一つの音階には七つの音があり、隣り合う音の距離が違う。ミからファ、シからド、この二つの距離は特別に短いから『半音』といい、ほかを『全音』というんだよ。だから音階は五つの『全音』と二つの『半音』からできているんだ。『度』というのは、一つの音からほかの音に移る数のことさ。例えば、ドからレは二つの音を通るから『二度』、ドからミは三つの音を通るから『三度』、あとの説明はいらないね。『二度』は二種類ある。ドからレは『全音』だから『長二度』、ミからファは半音だから『短二度』という。『三度』も二種類あるよ。ドからミは全音だから『長三度』、ラからドは全音と半音が一つずつだから『短三度』という。長音階とは第一音のドと第三音のミの間が長三度の音階のことで、短音階とは第一音のラと第三音のドの間が短三度の音階のことなんだ。わかるかい？」父さんは話し終えるとそそくさとご飯を食べた。

ぼくはご飯を食べながら今の父さんの話を思い返し、おもしろいなと思った。長短音階とはそういう意味だったのか。そしてまた独り言を言った。「じゃあ、父さんからぼくまでは長三度で、姉さんから父さんまでは短三度だね」姉さんが「あなたから私まで、父さんから母さんまでは？　わからないでしょう」と言った。

ぼくがわからなくて父さんを見ると、父さんは茶碗を置いてこう言った。「いっそのこと全部教えよう。四度にも二種類あるんだよ。ドからファ、ミからラのように、全音二つと半音一つを含むものを『完全四度』というんだ（姉さんが「あなたから私までよ」と付け加えた）。ファからシのように、完全四度に半音が一つ増えて全音三つのものを『増四度』という。五度にも二種類あるよ。たとえばドからソのように、同じ距離の全音三つと半音一つのものを完全五度という（姉さんが「父さんから母さんまでよ」と言った）。シからファのように、完全五度から半音が一つ減り、全音二つと半音二つのものを減五度という。六度にも二種類あって、ドからラのように、全音四つと半音一つを長六度という。全音三つと半音二つなら短六度だ。七度にも二種類あるんだよ。ドからシのように、全音五つと半音一つを長七度という。全音四つと半音二つは短七度だね。八度は一種類だけで、ドから高いドのように、全音五つと半音二つのものを完全八度というんだ」

ここまで話したところで、母さんが帰ってきた。食事が済んだばかりの姉さんは、立ち上がって自分が座っていた椅子に母さんを座らせ「ほらほら、短調がまた長調に変わったわ」と言った。母さんはわけがわからない様子だったので、ぼくたちはおかしかった。母さんはそんなことは気にも留めず、父さんにおばさんの家の婚約祝いのことを話し始めた。

『新少年』一九三七年一月二五日第三巻第二期掲載

ハーモニカの詩

冬休み、父さんの古い友人である陸さんがやって来て、ハーモニカを二本と陸さんの著書『ハーモニカの吹き方』を二冊くれた。ハーモニカは父さんが陸さんに上海で買ってきてくれと頼んだもので、本はぼくたちへのプレゼントだった。しかも今回は、ハーモニカの吹き方を教えてもらえるという貴重な特典付きだ。数日前、父さんは陸さんに手紙を書き、「ぼくと姉さんは音楽が好きで、家族七人を音階になぞらえたことがあり、とてもおもしろかった。冬休みの我が家を音楽で盛り上げたいから、ハーモニカを二本選んで郵送してほしい」と頼んだ。陸さんはハーモニカの事となると夢中になる人で、「もともと会って話をしたいと思っていたところだったから、ハーモニカは私が持参し、吹き方も教えましょう」とすぐに返信してくれた。これには家族全員大歓迎だった。父さんは友人が来れば喜ぶし、母さんはすべての人をもてなす。それが昔ご近所だった陸さんならなおさらだ。ぼくと姉さんはハーモニカの先生と新しいハーモニカに大喜びで、しかもきれいな本までもらえるとは思いもしなかった。

みんなで陸さんをバス停まで迎えに行き、家に戻るともう薄暗くなっていた。陸さんは革製のスーツケースからハーモニカと本を取り出してぼくたちにくれた。そして「あとで教えてあげるからね」と言うと、すぐに父さんとの話に花を咲かせた。母さんは食事の支度に、ぼくたちは陸さんのお酒の後のデザート用の白玉作りに忙しかった（その半分は自分たちで食べてしまうんだけれど）。白玉粉は自家製だ。挽きたてできめの細かい白玉粉を使って大豆ほどの白玉を作り、みかんや砂糖で作ったシロップと合わせると、とてもおいしい。食べてみたことはあるけれど、今日は陸さんのデザートという名目でもう一度食べてみよう。

陸さんと父さんが書斎から出て来た。父さんはぼくたちを指さし、陸さんに言った。「まるで『雨の夜に摘んだ春韮』のようだな。あとで『一気に十杯傾け』よう」すると陸さんは笑って「『十杯飲んでも酔わなければ』、ハーモニカでひと盛り上がりしよう。ははは！」陸さんのこの替え詩を聞いてみんな笑った。この杜甫の詩は姉さんが中学校で勉強して、最近ぼくに教えてくれたからよく知っている。その時の我が家の光景は、まさしくこの詩そのものだった。ぼくたちは誰からともなく声を揃えて詩をそらんじた。

人生不相見、動如参与商。
今夕復何夕、共此燈燭光。
少莊能幾時、鬢髪各已蒼。
訪旧半為鬼、驚呼熱中腸。
焉知二十載、重上君子堂。
昔別君未婚、児女忽成行。

怡然敬父執、問我来何方。
問答未及已、児女羅酒漿。
夜雨剪春韮、新炊間黄粱。
主称会面難、一挙累十觴。
十觴亦不酔、感子故意長。
明日隔山岳、世事両茫茫。

（訳）
人生では再会が難しく、オリオン座とサソリ座のようだ。
しかし、この夕べ、蝋燭の光をともにすることができた。
若い時はあっという間、お互い髭も髪もすっかり白くなった。
旧友は？と尋ねると半分はこの世を去ったという、驚きで声を上げ心が熱くなる。
二十年の歳月が経つのか、君の家を再び訪れることがあろうとは。
昔別れたとき君は独り身だったが、今では子供たちが並んでいる。
子供たちは喜んで父の客をもてなし、どこから来たのかと私に問う。
問答が終わらないうちに、子供たちはお酒の支度をする。
夜の雨の中で春韮を摘み、ご飯を炊いて粟を混ぜる。

主は会うことの難しさを嘆き、一気に十杯の杯を傾ける。
十杯飲んでも酔わず、情の深さにただ感じ入る。
明日山岳を隔てれば、二人の前途はあてもないものとなる。

この詩がまるで夕食の前奏曲であるかのように、父さんたちは夕食の食卓で昔を思い出して笑ったりため息をついたりしながらあれこれと語った。夕食の時間は延々と続き、ぼくは心の中でもう一皿ご馳走が出てきていないような、何か楽しいことがあるのでは、という気になった。そうだ、食後にハーモニカを吹くんだった。慌ててご飯を食べ終えて、母屋の隣の部屋でハーモニカを試してみることにした。ハーモニカを一度も吹いたことのないぼくは、ピカピカのハーモニカを手にしてもどうすればいいのかわからない。運よく姉さんもすぐにやって来た。姉さんは学校で誰かが吹いているのを見たことがあるようで、吹き方を少し知っていて教えてくれた。ハーモニカの音階ではド、ミ、ソは吹いて、レ、ファ、ラは吸う。交互で順番になっているのでわかりやすい。ぼくたちはとてもゆっくりしたリズムで、一番簡単な曲を吹いてみた。ハーモニカは簡単で音色もすがすがしく、なんてかわいらしい楽器なんだろう。
音を聞き付けた陸さんは興味津々で、こっちに来て吹いてくれと言った。姉さんが困ったように「私たちは全然習ったことがないんです。あとで教えてください」と言うと、陸さんは手にしていたグラスを置き、ポケットから年季の入ったハーモニカを取り出して言った。「今のは良かったよ。ちょっと練習すればもっと上手になるさ。まず持ち方と口の形を直そうか。手でこうやって持って、一度に五つの穴を口にくわえるんだ。こうすると和音が出しやすくなり、にぎやかな曲になるんだよ。さっきは口の開け方が小さくて穴を二つぐらいしかくわえていなかったから、和音にならずに曲が単調になってしまったんだ。和音が吹けたら、もっと豪華な音楽になるよ。聞いてごらん」

口を大きく開けてハーモニカをくわえた陸さんの姿は、まるで猫が魚をくわえているみたいだった。突然何重もの音が陸さんの口元から鳴り始め、部屋中に響き渡った。みんながその音に聞き入った。ドアに寄りかかり首をかしげて聞いている四さんの口からはよだれが垂れている。音楽は何度か抑揚を繰り返して終った。みんな口ぐちに「すごい！　すごい！」と叫びながら拍手をした。陸さんは口からハーモニカを離し、二、三回振ってハンカチでぬぐい、ゆったりとした口調で言った。「これは『天国と地獄』という西洋の名曲だよ。和音があるから素晴らしいんだ。和音の吹き方もわかりやすいよ。五つの穴を口にくわえ、舌で左側の穴四つをふさいで音を出さないようにして、右側の穴一つだけで音を出す。これが単音で、曲の旋律になるんだ。一拍ごとに舌を離すと単音と調和する音が出て単音を補助する。それで伴奏が加わるんだよ」陸さんは話し終えると和音を吹いてくれ、ぼくたちに同じように吹いて練習するようにと言った。

教わった通りに練習してみると、なるほど簡単だった。その上いい音色だ。陸さんがご飯を食べている間、ぼくたちは和音にだいぶ慣れてきた。陸さんはさらに喜び、さっと口をゆすぐと『ハーモニカの吹き方』の本を開いてこう言った。「ほら、これは簡単な上にいい曲で、和音の入門練習曲にぴったりだ。見てごらん、

自　励

※数字譜の音階は1234567で表記され、それぞれがドレミファソラシに相当し、0は休符にあたる。数字の後ろにつく「—」は一音分延ばし、「・」は半音延ばす。
数字の上下に「・」がある場合は音域が異なることを表し、「・」が数字の上にあるときは高音域、下にあるときは低音域を示す。
数字の下の罫線は音符の種類を表現し、線無しは四分音符、一本線は八分音符、二本線は十六分音符に相当する。

この山印のところで舌を離すんだ。吹いてみるから聞いていて」

ぼくたちは楽譜を見ながら演奏を聞いた。『自励』という曲で、旋律も歌詞もとても簡単だった。

　松柏凌霜竹耐寒、
　如何桃李已先残?
　只因能力分強弱、
　非是天心両様看。

(訳)
松や柏は霜を凌ぎ、竹は寒さに耐える。
どうして桃やスモモは耐えられないのだろう。
その差はただ能力の違いにあるだけで、
天が両者を区別しているのではない。

二回目の演奏で一緒に吹いてみると、ついていくことができた。でも和音がばらついてしまう。陸さんは、吹くときに足を一緒に踏み鳴らすと和音が安定する、と教えてくれた。この方法は効果的で、続けて何度か練習すると一つも間違えずに陸さんと合奏できるようになった。

『自励』が吹けるようになったので、ぼくたちは本の中からまた別の簡単な楽曲を探して練習することにした。夢中になっていると、母さんが練習のしすぎで肺を傷めるのではないかと心配して、また明日にするようにとたしなめた。一番のっている時なので手放したくはなかったけれど、最後には母さんがハーモニカを取り上げて隠してしまった。

陸さんと父さんが書斎で語り合うというので、ぼくらは先に休むことにした。ベッドでさっきのことを思い返すと、疑問が二つ浮かんできた。ハーモニカの和音は順番に並んでいて、オルガンのように指で鍵盤を選んで音を出すわけではないのに、どうして毎回調和するのだろう。きっとハーモニカの構造と音楽の理論に関係があるに違いない。明日、陸さんに聞いてみよう。それともう一つ。冬休みの間にたくさんの曲を聞いた。姉さんは学校で習った歌を一曲一曲歌ってくれたし、宋彗明くんと姉の宋麗金さんは『漁光曲』と『月光光』を、「スタンダードな美人」というあだ名の金翠娥さんは『葡萄仙子』と『毛毛雨』を歌ってくれた。それらの曲は長かったり複雑だったり、リズムが速かったり難しかったりするけれど、ぼくはそういう曲にあまり興味がわかなかった。中でも『漁光曲』と『月光光』はがまんして聞いたし、『葡萄仙子』と『毛毛雨』は聞くに堪えなかった。でも、今日陸さんに教わった『自励』だけは永遠に忘れられない。

あんなに短く簡単で、リズムがゆっくりしていて平易で、最初はちっともおもしろみがなかったのに、歌うほどおもしろくなり、その独特で深い、偉大な曲の雰囲気がだんだんとわかってきた。ほかの曲は全部忘れても、この曲の可愛らしいイメージはやはり頭に残っている。「松柏凌霜竹耐寒（松や柏は霜を凌ぎ、竹は寒さに耐える）」という歌詞がある。ぼくの心の『音楽の園』では、ほかの曲はスモモのように耐えられず、『自励』はまさに『霜を凌いで、寒さに耐えている』のだった。これは作曲方法と関係があるのかもしれないな。明日、父さんたちに聞いてみよう。

『新少年』一九三七年二月十日第三巻第三期掲載

理論と情緒

夕べ、ぼくは二つことを考えながら眠った。一つ目は、ハーモニカを吹いたとき左側のいくつかの音が和音となるけれど、どうしてすべて調和するのだろうということ。もう一つは、短くゆっくりで簡単な曲『松柏凌霜竹耐寒』は、なぜリズムが速くて長く、複雑な曲よりも良く聞こえるのだろうということ。今朝起きてすぐ父さんたちに尋ねるつもりだったのに、父さんたちは朝早くから出かけてしまい、夜になってようやく戻ってきた。ぼくは陸さんにステッキを置く暇も与えず、一つ目の質問をした。陸さんは「どうして調和するのか、どうして調和するのか」と繰り返し、「如金くん、君のような研究好きはなかなかいないな」と笑って言った。姉さんは「帰って来たばかりの陸さんを引き留めて質問するなんて、ほんと知りたがり屋なんだから」と言った。

陸さんは笑って「さすが中学生、気配りが上手だね。逢春ちゃんは美術が好きだったね。去年の美術日記を見せてもらったけれど、よく書けていたよ」と言うと、コートを脱ぎながらぼくにこう言った。「『知りたがり屋』はつまり研究熱心だっていうことじゃないか。和音がどうして調和するのかというのは、確かにおもしろい質問だね。でも、それは芸術理論を研究するお父さんに聞くべきだよ」それから父さんに向かって「どうして調和するのか、説明してくださいよ。私も聞きたい」と言った。

父さんは「陸さんの著書がここにあるから、この本に沿って説明しよう」と答えた。

二十一穴ハーモニカ配音列図

吸	7̣		2̣		6̣		7̣		2		4		6		7		5̇		7̇		7	吸
吹		1̣		3̣		5̣		1		3		5		1̇		3̇		7̇		7		吹

七種類の三和音

1	2	3	4	5	6	7	1̇	2̇	3̇	4̇	
1	0	3	0	5							主和音
	2	0	4	0	6						上主和音
		3	0	5	0	7					中和音
			4	0	6	0	1̇				下属和音
				5	0	7	0	2̇			属和音
					6	0	1̇	0	3̇		下中和音
						7	0	2̇	0	4̇	導和音

父さんと陸さんは一休みしたあと、ぼくと姉さんを書斎に呼んだ。そして『ハーモニカの吹き方』を開き、その中の図を示しながら「まずハーモニカの音の位置を確認してごらん」と言った。とても見やすい図だった。

父さんは紙と鉛筆を取り出し、ぼくたちに言った。「位置が確認できたら、次は和音だよ。いくつかの音を同時に出すことを『和音』というんだ。一番よく使う和音は三つの音を同時に出す『三和音』だよ。ハーモニカはほとんどがこの三和音だから、まずこれを勉強しよう。三和音は七種類で、音階のどの音からも三和音が作れるんだよ」

父さんは鉛筆で次のような図を書きながら話を続けた。

「伴奏を加えるときは口で五つの穴をくわえるようにと陸さんから教わっただろう？　ドレミファソの五つをくわえて吹くとドミソの音が出るね。主音を根音《こんおん》としているから、『主三和音』というんだよ。右に一つ移動してレミファソラの五つをくわえて吸うと、レファラの音が出るね。

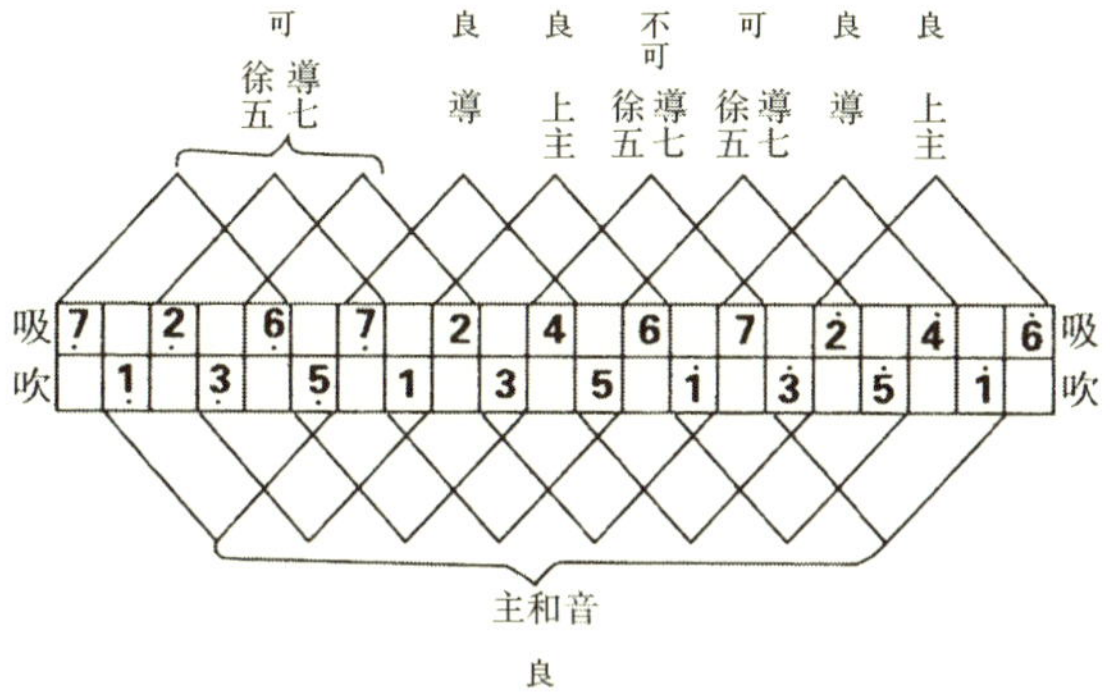

上主音《じょうじゅおん》が根音だから、これは『上主三和音』というんだよ。……一番よく使うのがこの七種類の三和音なんだ。和音の三つの音は、順序を入れ変えても構わないから、ハーモニカの和音はすべて『主三和音』になるんだよ。ほら！」父さんは鉛筆で本の『二十一穴ハーモニカの音配列図』の下側を八つのカッコでくくり、最後にまとめて『主和音』と書き、『主和音』はすべて調和するのでその下に大きく『良』と書いた。

それから上段の吸う音の列を指して「この列はちょっとやっかいだ。まず『七和音』について話さなくてはいけないな。『七和音』というのは、三和音の上に一音を加えるんだよ。例えば、ドミソにシを加えるとドミソシ、レファラにドを加えるとレファラド①になる。ドからシ（ドレミファソラシ）、レからド（レミファソラシド）……これらはすべて七度だから、七和音というんだよ。七和音も七種類あるけれど、三和音ほどは使わないんだ。七種類のうちよく使うのは属音上のソシレファ（正七和音）と導音上のシレファラ（導七和音）の二種類だけで、他の和音は副七和音

① 「・」は右にある場合一オクターブ高く、左にある場合一オクターブ低いことを表す。

と呼び、どれも不調和で使いにくいから、ハーモニカでは触れなくてもいいよ。ここで覚えなくちゃいけないのは、シレファラの導七和音だ。それから、導七和音の第五音（ファ）は除けるけれど、他の音は除けないことも覚えなくちゃいけないよ」そして、父さんはまた鉛筆で図の上側を三つのカッコでくくり、話を続けた。「ほら、この三つの和音はシレラの三つの音、つまり導七和音（シレファラ）の第五音（ファ）を除いているから、いいんだ」父さんは三つのカッコをまとめてくくり『導七除五』と書き、さらにその上部に『可』と大きく書いた。続いて右側もカッコでくくりながら「シレファは導和音で『良』、レファラは上主和音で『良』、ファラシはシレファラ（導七和音）から第三音を除いているから『不可』。あとの三つはどれもいい」と言うと、父さんはその図をぼくの方に向けて話をやめた。ぼくが今の話をよく咀嚼して呑み込むのを待っているかのようだった。

ぼくはちょっと頭がくらくらしてきたが、幸い陸さんが図に従ってもう一度説明してくれたので、やっと理解することができた。図の下部の吹く和音は、みな『良』の『主三和音』だ。全く問題ない。図の上部の吸う和音には、四つの『良』の三和音がある、これも問題ない。残りの五つは導七和音で、そのうち四つは『可』だ。これも問題ない。でも、『不可』がある。どうしよう。ぼくはすぐに質問した。「不可は不調和なのに、どうしてぼくは聞いてもわからないの？」

父さんは喜々として答えた。「これは『シ』の伴奏で、『シ』は独立していないし、あまり使わないから、聞き取りにくいんだよ。ハーモニカの構造は小さくて単純だから、多少の欠点があっても悪いわけじゃな

海　浜

C $\frac{3}{4}$

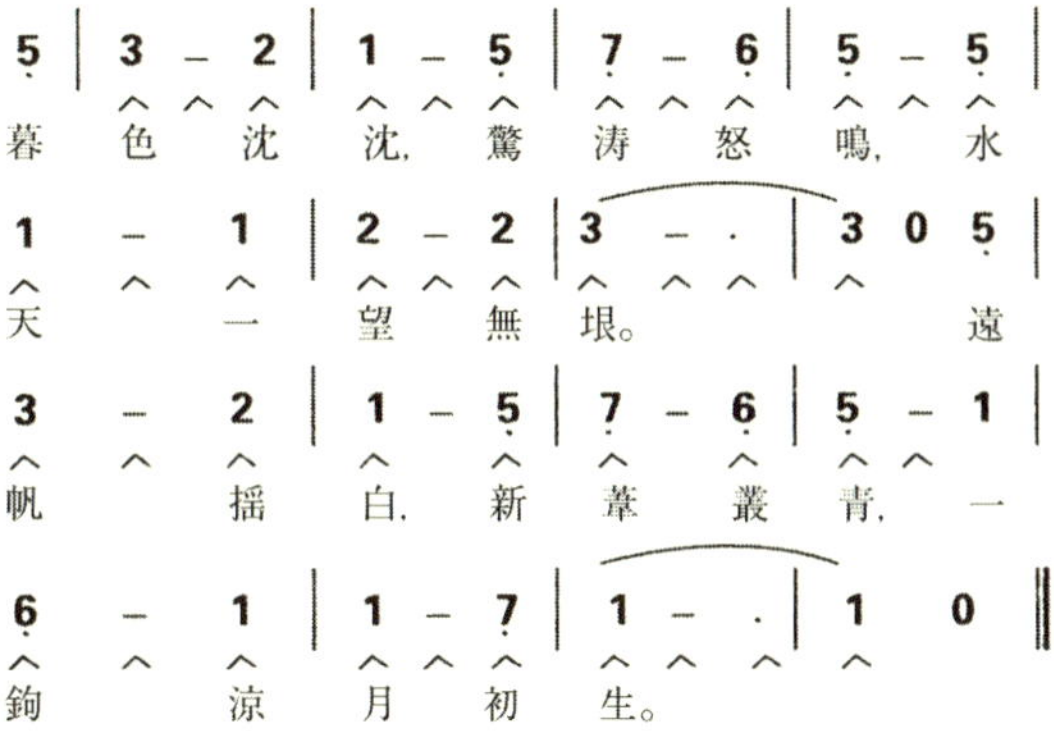

いよ。それに、陸さんの魔法の口にかかると、『不可』の導七和音は『可』から『良』に、さらには『妙』へと変わるんだよ。はは！」

陸さんはハーモニカをずっと手にしたままで、吹くのが待ち切れないように「さあ、もう頭の痛い理論はやめにしよう。日も暮れてきたから、『暮色沈沈』を吹くね。これも簡単で心地良くて、昨日の『自励』よりもいいよ」と言った。演奏が始まる前に、姉さんは本の中からさっと曲を見付け出し、ぼくに見せてくれた。姉さんはハーモニカに合わせて歌った。

『海浜』

暮色沈沈、驚涛怒鳴、水天一望無垠。

遠帆揺白、新葦叢青、一鉤涼月初生。

（訳）

夕やみ深く、荒波が激しく響く、海と空は境なく広がっている。

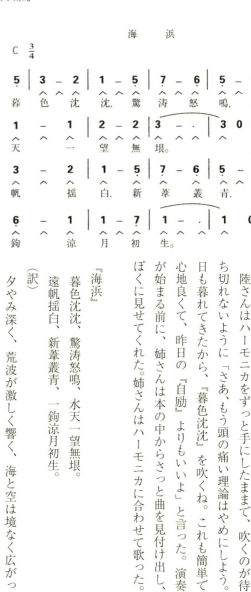

船の帆は遠く白く揺れる、若い葦は青く茂り、空には三日月がかかっている。

陸さんは繰り返して何度も演奏した。もう日は暮れていたが、まだ明かりは灯っていない。窓辺には一片の雲がかかり、まるで「水天一望無垠（海と天は境なく広がっている）」かのようだ。窓の端には明星が輝き、「一鉤涼月初生（三日月がかかっている）」といってもいい。ぼくは浜辺にたたずみ、胸を大きく広げ、澄んだ音色となめらかな歌声を魂の奥に吸い込む自分を想像した。なんて楽しいんだろう！

夕べの二つ目の疑問がまた頭に浮かんできたので、ぼくは陸さんに聞いた。「どうしてこの曲はこんなにすてきなの？」

するとみんなが笑った。姉さんがぼくを指さし、笑いながら「また『知りたがり屋』ね！」と言うと、みんなはもっと笑った。ぼくは疑問が解けなくて泣きそうになるのをこらえ、突っ立って眉にしわを寄せ、陸さんを見ていることしかできなかった。父さんがぼくの手を取り、頭をなでながらやさしく言った。「如金、おかしいぞ。理論は説明できるが、情緒は説明できないんだよ。おいしさを舌で味わうように、情緒は心で感じるものなんだよ。『砂糖はどうして甘いの』って聞いたら、答えられるかな」

ぼくは、はっと気が付いた。外で「さあ、陸さんと一緒に晩ご飯よ」と母さんの呼ぶ声がした。

『新少年』一九三七年二月二十五日第三巻第四期掲載

風鐸《ふうたく》と風

春分を迎え、父さんは書斎を二階に移した。

毎年、庭の柳で鳥たちがさえずり始める春の初め、書斎を二階の寝室に移すのが父さんの習慣だ。そして春が過ぎ、夏が来てだんだん暑くなり、鳥たちも鳴き疲れたころ、また一階に戻ってくる。父さんは鳥の鳴き声が好きなのだ。確かにいい声だと思う。特に春の早朝、鳥たちの楽しそうな鳴き声で目覚めるのはとても楽しい。ある春の朝、父さんがぼくに聞いた。「鳥の声は何かに似ていると思わないかい？」

「歌声かな」

「ちょっと違うな。歌はおごそかだったり、悲しかったり、勇ましかったり、いつも楽しいとは限らないよ。鳥たちはいつも楽しそうだから、歌声というのはちょっと違うな。父さんは笑い声だと思うんだ。鳥は笑う生き物で、しかも一日中笑っている。もし歌だったら、遊びや恋の歌で、絶対に『三民主義吾党所宗[1]』なんかじゃないよな」

日曜日の今朝、ぼくはいつもと違う、美しい歌声に澄んだ音色の楽器が合わさったような音で目覚めた。

① 国民党の党歌（現中華民国国歌）。重々しい曲調を意味している。

耳を澄ましてみると、柳のウグイスがとても賑やかに鳴いている。きっと朝日がまぶしいんだろう。いや、もしかしたらあのチリンチリンという音のせいかもしれないな。いったい何の音だろう。ぼくはすぐベッドから起き出して音をたどっていくと、父さんの書斎の軒下に帽子ぐらいの鉄の円盤が吊り下げられていた。円盤の周りには小さな銅の釣り鐘型のものがたくさんぶら下がっていて、早朝の春風が吹くと、お互いにぶつかってチリンチリンと澄んだ音を奏で、ウグイスのさえずりの伴奏をしていた。

それは父さんが今年新しく吊り下げた風鐸だ。昨晩吊ったばかりなので、ぼくは今朝初めてその音を聞いた。朝食の席で、ぼくは父さんに聞いてみた。

「風鐸は何に使うの？」

「風が吹くとチリンチリンと鳴って、風模様を知らせてくれるんだよ」

「ほかには？」

「耳を楽しませてくれるんだよ。気圧計を買うか屋根に風車をつければ風があるかどうかはわかるけれど、それ以外に情緒を感じるという楽しみが欲しかったんだ。それで風を知ることも情緒を感じることもできる、この風鐸を思い付いたのさ。風鐸も鳥の声と同じ自然の音楽だよ。暮らしの中にはいろんな自然の音楽があって、良くも悪くも私たちの感情に影響するんだよ。音は、いつでもどこでも耳に入ってくるから、色や形よりもその影響は大きいんだ」

そのとき、塀の外から朝市のいろいろな売り声が聞こえてきた。「売《マイ》～芥《ジェ》～菜《ツァイ》！（カラシナ売り）」「大《ダー》

～餅《ビン》～油《ヨウ》～炸《ジャー》～桧《ホイ》！（小麦粉を練って油で揚げたもの）」「火《フォ》～肉《ロウ》～粽《ゾン》～子《ズ》！（肉入りちまき）」（いずれも浙江省の軽食）。音の調子や音色が独特でそれぞれ異なり、そのすべてが合わさって我が家の朝の雰囲気を醸し出している。ぼくはこの声を聞くと、自然に朝だなと感じる。売り声も自然の音楽の一つだと思うけれど、ウグイスや風鐸ほど音楽的な要素は多くない。ぼくがそんな話をしたら、母さんが言った。

「売り声の時間はとても正確だから、いつも時報代わりにしているの。『油沸豆腐乾《ヨウフェイドウフガン》（豆腐を揚げて味付けしたもの）』と聞こえたら晩ご飯の支度をし、『猪油炒米粉《ジューヨウチャオミーフェン》（ビーフンのラード炒め）』と聞こえたら寝る時間、というようにね。しかもいい声だからうるさく感じないのよ。一番嫌なのは杭州の塩売りの声ね。ゼンマイを巻くみたいにどんどん強くなっていって、最後はゼンマイが巻き切れてしまうみたいだわ。上海の夕刊売りの声も嫌ね。火事だと叫んでいるみたいで、びっくりするわ」

「お前たちは物売りの声を音楽に例えるのか、それはちょっとな」と父さんが言うと、母さんはすごく怒って言った。「自然の音楽だってあなたが言ったのよ！『ちょっとな』とは何よ！」

すると父さんはすぐに笑顔で謝った。「『ちょっとな』だけで、それがどうだとは言ってないだろう、怒ることはないさ。売り声を音楽としているのはお前だけじゃないよ」そしてすぐに態度を変え、話を続けた。「昔、日本に有名な文学者がいて、そういう聞き方をしていたそうだ。確か、上田敏といったかな。当時、東京では、「とぉーふぅー」と言いながら豆腐を天秤棒で担いで売り歩いたそうだ。その声の調子は長くゆったりとして余韻もあり、まるで『南屏晩鐘（西湖十景の一つ、夕刻に響く鐘の音）』のようだったそうだ。毎日食事の支度をする前には、東京の路地のあちらこちらでそんな声が響いていたらしい。日本人は日常のそんな風景を楽しむことに長けていて、特に上田敏は、売り声をウグイスや風鐸と同様、自然の音楽と捉えていたんだ。あるとき、豆腐が大量生産できる製造工場を作り、天秤棒をやめて毎日自転車で各家庭に届けようと提案する人があらわれたそうだ。そうすれば豆腐の価格も下がるだろうしね。でも、反対する人が多かったらしいよ。上田敏はその先鋒で、失業者が増えるばかりか、昔ながらの暮らしの情緒もなくなり、大和民族の優美さが損なわれると主張したそうだ。彼は、豆腐売りの声が東京中の家庭にもたらす素晴らしさを感動的な文章で表現し、改革案は割に合わないと訴えたんだ。論争の結果がどうなったのか父さんは知らないけれど、大事なのは周りの音が私たちの感情や生活に大きく影響しているということなんだ。例えば今朝、風鐸とウグイスの合奏を聞いたら、平和な幸せを感じ、日常の楽しみがあふれてきて、とってもやる気が出てきたんだ。ご飯も一膳多く食べたよ」

ぼくもこの話に同感だ。ぼくはおもしろくなって、つい「今日は凧に『うなり』を付けて、空に平和の音を響かせよう」と言った。

これには父さんも賛成してくれたが、母さんは心配して「手を切らないようにね」と言った。

朝ご飯を食べてから華明くんの家に行き、午後一緒に凧揚げをする約束をした。さらに午前中は凧に「うなり」を付けるのを手伝ってくれるよう頼んだ。華明くんも快く同意してくれたので、ぼくたちは竹屋で三尺ほどの竹の棒を二本買い、家に帰ってすぐに作り始めた。小刀で竹の青い部分を削って紙のように薄くし、もう一本の竹を弓なりに曲げ、さっきの竹を弦にして弓を作った。華明くんが弓の弦を握り空に向かって力いっぱい振ると、ブーンブーンと音がした。これで「うなり」は完成だ。

穏やかな風と暖かい日差しの午後、華明くんは十二時半にはもううちにやって来て、凧と「うなり」を手にぼくを待っていた。ぼくは急いで歯磨きを済ませ、ハーモニカと昨日姉さんが学校から送ってくれた新しい楽譜をポケットに突っ込み、彼についてバタバタと家を出た。ぼくたちは鎮守の廟の裏にある小高い丘で凧揚げをした。高く揚がった凧の糸をちょっと引き戻し、「うなり」を結び付けて、できるだけ空高く揚げた。するとすぐにブーンブーンと鳴り始め、まるで天も地も共鳴しているかのような抑揚のある美しい音が、晴れた空に響き渡った。

ぼくたちは欠けた石碑に凧糸をつなぎ、石碑に寄りかかって座った。ぼくはハーモニカを取り出して、姉さんが送ってくれた『凧』という曲の練習を始めた。これは姉さんが最近習った曲で、『開明音楽教本』第二冊に載っている。姉さんは五線譜をハーモニカ用の略譜（数字譜）に書き換えてくれた。略譜の通りに吹いてみたら、とてもいい曲だった。軽快でさっそうとした感じが、目の前の風景にぴったりだ。今朝、ウグイスのさえずりが風鐸の音色を引き立てていたように、ハーモニカが凧の『うなり』の音色を引き立てている。ぼくも平和な幸せを感じ、日常の活き活きとした楽しみを感じた。

ところが曲の最後のフレーズで止まってしまった。二十一の穴を全部吹いてもファの♯が出せない。ど春の風景を楽しもう。今は慣れた曲を吹いて、うしたらいいのかな。帰って父さんに聞いてからまた練習しよう。

『新少年』一九三七年三月十日第三巻第五期掲載

十二律の夾鐘《きょうしょう》

ある穏やかな土曜日の午後、週末でぼくは家に帰り、いつも通り二階の父さんの書斎に行った。父さんが手紙を書いていたので、ぼくは窓辺に寄りかかって軒下の風鐸《ふうたく》を眺めていた。暖かな春風が薄い織物のように顔をなで、とても気持ちがいい。風鐸の上部には帽子大の銅の円盤が付いていて、文字が刻まれた釣り鐘型の小さい銅片がいくつもぶら下がっている。春風に吹かれて銅片がゆっくり回ると、その文字が順番に見える。二文字ずつ刻まれているけれど、どれも意味がよくわからない。でも、『仲鐘《ちゅうしょう》』『林鐘《りんしょう》』『応鐘《おうしょう》』『黄鐘《こうしょう》』『夾鐘《きょうしょう》』など『鐘』という字が特に多いようだ。少し強めの風が吹くと、これらの『鐘』が軽く鳴り、その音は澄んでいて余韻が素晴らしい。目を閉じて聞き入ると、まるで西湖の船の上にいるみたいだ。きっと風鐸の音が釣り鐘に似ているから、『鐘』の字がたくさん刻まれているんだろうとぼくは思った。でも、鐘といえば、授業の開始と終了を告げる鐘（下課鐘）、それに目覚まし時計（自鳴鐘）しか知らない。『仲鐘《ちゅうしょう》』『林鐘《りんしょう》』『応鐘《おうしょう》』『黄鐘《こうしょう》』『夾鐘《きょうしょう》』なんて聞いたことがない。いったいどんな鐘なんだろう。振り返ると、父さんは手紙を書き終わり、机を片付けて休憩するところだったので、風鐸の文字の意味を聞いてみた。

この風鐸は父さんがこの春新しく作ったもので、ここのところ父さんは一番興味を持っている。ぼくが質問すると、父さんは喜んで窓辺へ来て風鐸を見ながら教えてくれた。「これはね、中国の音楽の調名なんだ。中国人なのに中国の呼び方を知らず、C調やD調だけを知っているんではね。いいかい、『黄鐘《こうしょう》』っていうのはC調だよ。銅片は上から順に下がっていくほど音が高くなり、ちょうど西洋音楽の一オクターブと一致する。ごらん、銅片は大きさや厚みが違うだろう。『黄鐘《こうしょう》』は一番厚くて、音も一番低いんだ。『大呂《たいりょ》』はそれよりちょっと小ぶりで、音は少しだけ高くなる。『応鐘《おうしょう》』になると、一番薄く小さくて、音は一番高いんだ。だから、風が吹いて銅片同士が当たると、いろんな音が出る。ときには自然の音楽となり、いい音色を奏でるんだよ」

D調やC調はハーモニカの楽譜でよく目にするけれど、十二律が何なのかはわからなかった。もっと詳しく父さんに説明してもらおうと思ったそのとき、汽船埠頭に続く石皮路を、人足さんたちが大きな木箱を担ぎ、ゆっくりこちらに向かってくるのが窓から見えた。これに気を取られたぼくは、音楽のことを忘れて眺めていた。彼らはだんだん近付いてきて、家の前に到着すると、門をくぐって入ってきた。

ぼくはびっくりして父さんの手をつかんで叫んだ。「あの人たち、何か担いで入ってきたよ！」

「何だって？」

「棺桶みたいなものを担いで入ってきたんだ！」

父さんは訝しそうな顔をし、椅子から立ち上がって窓の外を見ると、その人たちに向かって「おーい、中庭に置いてくれ。すぐ行く」と声をかけ、そそくさと降りて行った。

　ぼくも後について中庭に行き、父さんが新しく買ったオルガンが運ばれてきたのだと知った。父さんはいつもそうだ。何かをするときは誰にも話さず突然決めて、周りをびっくりさせる。父さんは、こうすれば興味が増すじゃないかと言う。何か新しいことをするときに前もって知っていると、待ち遠しくてあれやこれやと想像はできるけれど、あまり長いこと待つと熱が冷め、想像するのもくたびれて、品物が届いたころにはとっくに興味が失せている。また期待しすぎたり想像しすぎたりすると、あとで実物を見てがっかりしてしまう。ぼくはその通りだと思った。今、想像もしていなかったオルガンが突然届き、ぼくはオルガンに興味津津だ。父さんの指示通りに木箱が開けられ、梱包材が取り出されると、中から紫檀色のオルガンが現れた。そしてそれを書斎の北窓の下まで運び上げてもらった。オルガンは以前からここに置いてあったかのように、そこにぴたりと収まった。でもこの光景、目の前で見るのは初めてだけれど、夢で見たような気がする。父さんはどうして突然オルガンを買ったんだろう。

　あ、そうか。ファの#のためだ。二週間前、華明くんと鎮守の廟の小高い丘へ凧揚げに行き、揚げた凧を欠けた石碑に結び付け、草の上に座ってハーモニカを吹いた。姉さんが学校から送ってくれた『開明音楽教本』の中の『凧』という曲だった。とても軽快で吹いていて楽しかったけれど、最後の方にファの#があり、ハーモニカにはこの穴がなくて音が出せないとわかった。ぼくは気持ちが沈み、家に帰って父さんに質問すると、父さんはこう説明してくれた。「ハーモニカには半音が出せないという大きな欠点があるんだよ。調子が変えられないから、吹けない曲はたくさんあるんだ。半音を吹くとすれば、別のハーモニカを用意し、一緒に持って素早くあっちを吹いたりこっちを吹いたりしなくてはならないし、調子を変えたければ別のハーモニカに替えて吹かなくてはならないんだ。ハーモニカに半音がないせいだよ。オルガンなら黒鍵があるから半音を出して自由に調子を変えられるし、どんな曲でも自在に演奏できるんだよ」ぼくは『凧』がハーモニカで吹けないのを残念に思って言った。「うちにはオルガンがないからしょうがない。もしもあればもっといろんな曲が習えるのにな」父さんはその気があるのかないのか「いつか買いにいこう」と言った。ぼくは気にもしていなかったので、そのままそのことを忘れてしまっていた。まさかその晩、父さんが陸さんに手紙を書いて七十元を振込み、上海で買ってくれるよう頼んでいたなんて思いもしなかった。そのオルガンが今日届いたのだ。父さんは衣食住に関しては節約家だけれど、書籍や芸術品の購入にはお金を惜しまない。ハーモニカのファの♯のために、七十元という大金をはたいてオルガンを買ってくれたことに、ぼくはとても感激した。これからは音楽の勉強に励まなくてはいけないな。

父さんがオルガンの輸送費と運送屋さんへの心付けを渡してから、ぼくたちはオルガンを弾いてみた。「この前はハーモニカにファの♯がなくて吹けなかったけれど、今はオルガンで弾けるよ」そう言いながら、父さんは新しいオルガンで『凧』を弾いてくれた。この間はファの♯を普通のファで吹いたけれど、今は正しい音だから節回しがきれいだ。演奏は申し分なく終わり、十分な余韻が残った。ぼくはオルガンの音色もとても好きだ。ハーモニカの音色は華やかな上に軽快で良く響き女性的だけれど、オルガンの音色は厳粛な上に安定しているので力強く男性的だ。ぼくはすぐにオルガンを習う決心をし、父さんに教えてほ

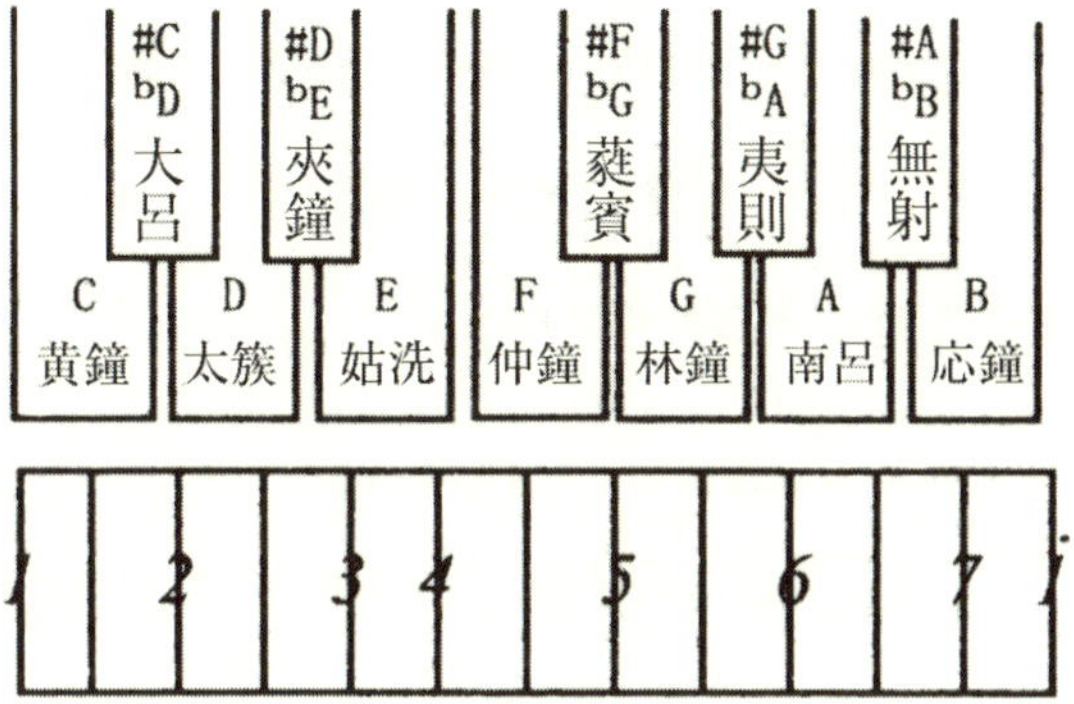

しいと頼んだ。父さんは大きな手で白鍵七つと黒鍵五つをはさんでこう言った。「それなら、まずこの十二の鍵盤を覚えなければならないよ。これは風鐸の銅片に刻んであった十二の音だよ。鍵盤の音名と音階の決まりを教えてあげるから、紙を持っておいで」それから上のような図を書いてくれた。

父さんは図を指しながら説明してくれた。「ほら、五つの黒鍵と七つの白鍵を合わせたのが音階だよ。黒鍵は半音になる。七つの白鍵のうち、ＥＦとＢＣの間は半音で、ほかの音は二つの白鍵の間に二つの半音がある、つまり『全音』だ。音階には十二の半音があるんだよ、わかるかな」父さんはちょっと間を置き、下の図を指しながら続けて説明してくれた。「音階は『第三、第四の音と第七、第八の間は必ず半音で、それ以外の音の間は必ず全音である』という決まりがあるんだよ。だからC音を一番目とすると、ちょうど全部白鍵で、黒鍵は必要ないね。これがC調長音階なんだよ。おまえのハーモニカはC調だから、七つの白鍵の音だけで、五つの黒鍵の音はないんだよ。だから半音もないし変調もできない。でもオルガンには黒鍵があるから、半音も変調も思いのままだよ。例えばDを第一音としたら、『第三、第四と第七、第八の音の間は必ず半音で、それ以外の音の間は必ず全音である』という決まりで考えると『D、E、F♯、G、A、B、C♯』の七つの音になる。これをD調長音階というんだよ。ほかの音も同じことだ」

ぼくはしばらく考えて、ついに黒鍵の使い方と移調の方法がわかった。「ぼく、わかったよ。黒鍵でも白鍵でも、決まりに従えばすべてのキーが第一音（ド）になるってことでしょう?」父さんは何度もうなずいて言った。「そうだ！　十二の鍵盤はどれも第一音（ド）になるから、全部で12の調があるんだよ。移調の方法がわかったなら、ちょっとテストしようか。古代中国の十二律（一オクターブ）は十二カ月を表していて、黄鐘《こうしょう》からではなく太簇《たいそう》から始まるんだよ（西洋の調名がAからでなくCから始まるのに似ている）。正月は十二律の太簇、二月は十二律の夾鐘《きょうしょう》、三月は姑洗《こせん》、四月は仲鐘《ちゅうしょう》、五月は蕤賓《ずいひん》、六月は林鐘《りんしょう》、七月は夷則《いそく》、八月は南呂《なんりょ》、九月は無射《むしゃ》、十月は応鐘《おうしょう》、十一月は黄鐘、十二月は大呂《たいりょ》というようにね。今は旧暦二月だから、十二律の夾鐘だね。だからD調に上げるか、あるいはE調に下げるかのどちらかになるんだよ。夾鐘の七つの音を指してごらん」

ぼくは『第三、第四の音と第七、第八の間は必ず半音で、それ以外の音の間は必ず全音である』という音階の決まりをしっかり覚えたので、ゆっくりと七つの『E♭、F、G、A♭、B♭、C、D』の鍵盤を指した。

「よくできた！　じゃあ、十二律をもう一度練習してごらん。明日弾き方を教えてあげるよ」と父さんは言った。

『新少年』一九三七年三月二十五日第三巻第六期掲載

南北山頭多墓田、清明祭掃各紛然。
紙灰化作白蝴蝶、血泪染成紅杜鵑。
日落狐狸眠塚上、夜帰児女笑灯前。
人生有酒須当酔、一点何曾到九泉！

（訳）
南も北も山の多くの墓は、清明節の墓参りでにぎわっている。
焚いた紙の灰が白い蝶のように舞い、激しい悲しみがツツジを紅く染め上げる。
日は暮れ狐が墓の上で眠り、夜に帰宅すれば子供たちは明かりの前で談笑している。
人生酒があるなら酔うべきだ、黄泉では一滴も飲めないのだから。

前に、姉さんがこの詩を朗読していたから覚えている。当時はリズムがいいなと思い、意味もわからないまま姉さんについて朗読していた。今日お墓参りに向かう舟の上で、また姉さんがこの詩を朗読した。ぼくは詩の意味がわかると、おかしくなって言った。「清明節のお墓参りの詩だったんだね。今日にぴったりだ。でも、おかしいなあ。毎年の清明節は楽しいことじゃないの？　うちのお墓参りの竹枝の詩にはこう書いてあるよ。

双双画槳蕩軽波、一路春風笑語和。
望見墳前堤岸上、松陰更比去年多。

（訳）
櫂でこげば軽く波が立ち、道中は春風が吹き和やかに談笑する。
墓の前の堤防を望めば、松の木陰が去年より増えている。

楽しいでしょう！　どうして昔の人はお墓参りで血の涙を流し、家に帰って子供たちが明かりの前で談笑することに不満なの？　最後の『人生有酒須当酔（人生酒があるなら酔うべきだ）』がおかしいよ。人生はお酒を飲むためのものなの？　酔っぱらって何が人生さ？　全然意味がわからないよ」

父さんがいるとき、姉さんは先に話し出すことはしない。姉さんは「父さんに聞きなさいよ」と言わんばかりに父さんを見てからぼくに視線を移した。父さんは姉さんの意を汲んで口を開いた。「昔の中国の詩人がお酒を題材にするのは、確かに一種の退廃的な人生観だな。お前のような今の時代の子は、当然昔の人とは状況が違うよ。ただね、詩の朗読は事実にこだわりすぎてはいけないんだよ。最後の二句は、人生の無常を嘆き、機を逸せず努力するよう忠告しているのであって、お酒にこだわっているわけじゃないんだよ。何かをすることが好きな人は、この詩の『お酒』を『何かをする』に変えてもいいね。『人生有事須当做、一件何曽到九泉！』（人生にやることがあるならやるべきだ、黄泉には一つもないのだから）」

それを聞いてぼくたちは笑った。

父さんは続けた。「本来お墓参りは悲しいことなんだよ。死者を弔い、永遠に会うことができない身内を思うことは楽しいことではないだろう？　新しいお墓へお参りすると泣いてしまうんじゃないかな。でもうちのお墓は古いから、毎年ご先祖様に会いに行くようなもので、悲しみは孝行となり、楽しみに変わったんだよ。特にお前たちはご先祖様に会ったことがないから、遠足に行くようなものだ。人生これ以上の幸せはないんじゃないか！」

ぼくはこの話を聞いてちょっと気持ちが引き締まった。目の前の光景がこの気持ちを際立たせ、より幸せに思った。

ぼくたちの乗った船は、一面の菜の花の脇にある桃の木の下で止まった。父さん、母さん、姉さん、ぼく、おじさん、おばさん、おじさんの家の四男、六女、そして雇人の四さんが次々と岸に上がった。大人たちは机や箱を運んで、お墓の前に祭壇をしつらえるのに忙しかった。ぼくたちはといえば、花を眺めたり、木に登ったり、あぜ道を歩いたり、柳の枝を折ったりするのに忙しかった。ろうそくが灯され「お参りをするよ！」と大声で呼ばれて、ぼくたちはようやくお墓の前に集まり、お参りをした。墓地の隣の空き地はしだれ柳に覆われていて、その下には青々とした草が生え、三方向は豆の花に囲まれていた。まるで大きなソファーが、ぼくたちが座るのを待っているかのようだ。ぼくたちは一斉に駆けて行き、草の上に座った。お墓参りを見物にきた近隣の村人たちが、近くに立ってぼくたちを見ていた。彼らの視線は姉さんに集まっていた。春休みで帰ってきた姉さんは、黄色のボーイスカウトの服を着ていて、男子か女子かわからないから目立ったのだ。ぼくはポケットからハーモニカを取り出し、遠くにいる村の女の子たちの気を引いた。また竹枝の詩を思い出した。

壺榼紛陳拝跪忙、閑来坐憩樹蔭涼。
村姑三五来窺看、中有誰家新嫁娘。

(訳)
壺や酒器を一つ一つ並べ拝礼に忙しく、手が空いたら木陰に座って涼をとる。
村の女性たちが次々とのぞきに来る、その中には新婚の娘がいる。

まさに今、目の前の光景だ。
突然背後から、ハーモニカに合わせ山羊の鳴き声のような音が聞こえてきた。振り返ると、いとこがソラマメの花の脇に腰かけ、緑色のピッコロみたいな笛を吹いていた。ハーモニカをしまって駆け寄ると、それはソラマメの茎で作った笛だった。長さは十五センチぐらい、いくつか穴があいていて、指で押さえると音が出た。ぼくはあわてて姉さんを呼んだ。いとこはよくおばあさんと一緒に田舎のおばあさんの家に泊まりに行くので、こういう自然のおもちゃを知っているんだ。めずらしいのでぼくと姉さんはうらやましくなり、ハーモニカよりもおもしろいと思った。いとこに作り方を聞くと、エンドウの茎とソラマメの茎を合わせて作るのだと教えてくれた。ソラマメの茎を抜いて根と先端と葉を取ると、角柱の長い茎が残る。そこに爪でいくつか穴をあけると音が出る。次に三センチぐらいのエンドウの細い茎の部分をソラマメの茎の上部に挿せば、笛の完成だ。歯でエンドウの茎を噛んで吹くと音が出て、指で笛の穴を押さえると高音や低音が出る。ぼくと姉さんがそれぞれ自分のを作って吹くと、どちらも音が出た。ただ音階に似ているけれど、ドのようでドでなく、レのようでレではなくて、曲にはならなかった。ぼくは好奇心に駆られた。「姉さん、穴と穴の間隔は、いい加減じゃだめなんだよ。その長さがわかれば正しい音の『豆の茎の笛』が作れるよ。いろんな曲が吹けたらおもしろいね！」姉さんも好奇心がそそられたようだ。「『豆の茎の笛』じゃなくて『翡翠の笛』よ。父さんならきっと知っているから聞きに行きましょう」

父さんはぼくたちの『翡翠の笛』を見ると、驚いて叫んだ。「あっ！　まだ実がなっていないのにどうしてこんなにたくさん採ってしまったんだ。農家の人が苦労して植えたんだぞ！」それを聞いた四さんが口をはさんだ。「このソラマメはうちのだから大丈夫ですよ」

「お前たち、どこのうちの作物も大事にしないといけないよ」と父さんに言われ、姉さんは笛を手にしたまま「ごめんなさい。もう採りません。この笛、音は出るけれど、正確じゃないの。どうしたら正確な音階が出せるかわからないんだけれど、曲が吹けるかしら？」と聞いた。父さんは翡翠の笛を手に取って吹くと、草に腰を下し、興味深げに研究を始めた。父さんは夢中になって今の話を忘れてしまったようだ。父さんもぼくたちと同じで好奇心が旺盛なんだ。大人も子供のように好奇心はあるけれど、普段はいろいろなことに抑えつけられてなかなか出せないだけなんだ。父さんはよく「童心を忘れない」と言っているけれど、これが何よりの証明だ。

四さんがソラマメの茎をたくさん採ってきて言った。「どれも花がつかないから、笛を作っていいですよ。どのみち実もならないからね」すると姉さんが「よかった。そのままにしておけば肥料の無駄ね」と言った。それを聞いて安心した父さんは、茎にエンドウのリードを挿し、それから一つ穴をあけて音の高さを細かく調整し、同じように一つ一つ穴をあけた。するととうとう七音階の翡翠の笛が出来上がり、簡単な楽曲が吹けるようになった。ぼくたちも同じぐらいの太さの茎を選び、父さんの笛をお手本にして作ってみると、音階が合って、吹くことができた。ぼくは好奇心が抑え切れずに聞いてみた。「穴と穴の長さに決まりはあるの？」

父さんが答えた。「父さんも偶然正確に出来たんだよ。でも、すべてが偶然のたまものというわけではなく、少しは音楽の理論に基づいているんだよ。そもそも管楽器というのは管が長いほど音は低く、短いほど高いんだ。笛に穴をあけるのは、管を穴のあるところで折るようなもので、穴が吹き口に近いほど音は高く、離れると低くなるんだよ。簫《しょう》や笛のしくみはこれに基づいているんだ。さっきは穴のない豆笛を吹き、その音を仮にドとして、そこから適当に穴をあけて吹いてみるとちょうどレの音だったんだ。あとは適当な長さで、順番に吹き口に向かって六つの穴をあけたら、だいたいの七音になったんだ。穴を六つ全部押さえて吹くとド、一番下を放すとレ、下から二番目を放すとミ……というように、シまで吹いてみたんだ。原始的な管楽器のしくみだよ。弦楽器の原理も同じで、管が弦に代わるだけなんだよ。弦が長いほど音は低く、短いほど高いんだ。ハーモニカとオルガンのリードも同じで、リードが長いほど音は低く、短いほど高いんだよ。管の長さ、弦の太さ、リードの厚さも音の高低に関係してくるんだ。それぞれ長いほど、太いほど、厚いほど音は低く、それと反対なら音は高くなるんだ。正確な音楽理論については『開明音楽講義』の中の『音階の構成』に詳しく載っていて、今の話は概略にすぎないんだよ」

『概略』で十分だ。ぼくたちはたくさんの豆の茎を使って、『概略』の通り、いくつも翡翠の笛を作った。そのうちの二つは音が正確で、竹笛にそっくりだった。お墓参りはもう終わったので、その二つの翡翠の笛を箱にしまって持ち帰ったけれど、夜になって箱から出してみると、もうしんなりしてしまっていた。父さんはそのしんなりした笛をみてしみじみと言った。「これも人生無常の象徴だなあ！」

『新少年』一九三七年四月十日第三期第七期掲載

小路の美音

ある静かな昼下がり、家の東側の小路からしばしば美しい音色が聞こえてくる。なめらかで抑揚があり心が動かされる。

今日学校が終わってから、東の棟の窓にもたれて外を眺めていると、遠くからまたこの音色が聞こえ、だんだん近付いてきた。ぼくは誰がどんな楽器を演奏しているのかが見たくて、窓から乗り出して眺めてみたけれど、まだ建物の陰にいるらしく姿は見えない。でも、音はだんだんはっきりと聞こえてきた。この美しい音から想像すると、仙人が魔笛を吹いてやって来るにちがいない。そうでなければ、どうしてこんなに感動するのだろう。どのぐらい待っただろうか。ようやくやって来たのは、腰が曲がって、ぼろぼろの服を着たおじいさんだった。おじいさんは竹の棒を一山背負い、竹でできた横笛を吹いていた。

ぼくは一歩一歩近付いてくるその人を見て驚いた。「この音色は笛売りの宣伝だったんだ。でも、このおじいさんがこんなにうまいなんて、見かけに寄らないなあ。それにしても中国の楽器はなんて神秘的なんだろう。一本の孟宗竹にいくつか穴をあけるだけでこんなに美しい音色が出るなんて、簡単で自然だ！外国のオルガンやピアノは、いやに重くて大型機械みたいに複雑で、これとは比べものにならないや」

おじいさんは美しく伸びやかな音色とともにゆっくりと近付き、とうとう窓の下までやって来た。

「ねえ、その笛売っているの？」

「そうだよ」。おじいさんが顔を上げて答えたので、美しい音色は途切れた。

「いくら？」

「一角だよ」

「買いに行くからちょっと待って」

ぼくは引き出しから銅貨を二十五枚出し、慌てて階段を駆け下りて門を出た。すると、あの美しい音色がまた聞こえてきた。さっきよりも華やかでますます感動的な音色だ。近くまで行くと、おじいさんは吹くのをやめ、背負っていた一山の竹の棒を降ろして、ぼくに自分で好きなのを選ぶように言った。一本選んで吹いてみたけれど、音にならない。「これはだめだよ。さっきおじいさんが吹いていたのをちょうだい」。おじいさんは笑って、自分が吹いていた笛をくれた。お金を払って笛を持ち帰り、美しい音色を大いに期待して吹いてみた。けれどもどうしたことか、やっぱり音にならなくて、ぼくはがっかりしてしまった。

門番の王さんがそれを見て慰めてくれた。「坊っちゃん、大丈夫。練習すれば自然と吹けるようになりますよ。ほら、教えてあげましょう」王さんが音楽を教えられるなんて思いもしなかったので、ぼくは好奇心から教わることにした。王さんは『工工四尺上』という曲を吹いてくれた。笛売りのおじいさんほどではないけれど、なかなか上手だった。それにしてもこの曲名はとてもおかしい。ぼくは冗談で「『公公(工と同音)四尺長、婆婆三尺長（おじいさんは四尺で、おばあさんは三尺だ）』」と言った。

3 3 6 2 | 1 − 5・6 | 1 − 6 1 | 1 3 2 − |

「そうじゃないですよ。ほら、六本の指で全部押さえると『六（ド）』、一番下の指を放すと『五（レ）』、二本放せば『乙（ミ）』、三本放せば『上（ファ）』、四本なら『尺（ソ）』、五本なら『工（ラ）』、全部放せば『凡（シ）』なんです。この七つがわかればいろんな曲が吹けます。『工工四尺上』に限りませんよ！」ちょっと考えて、はたと気が付いた。そうか、音階だったのか。『六五乙上尺工凡』は『掃腊雪独攬梅花（ソラシドレミファ）』、つまり『独攬梅花掃腊雪（ドレミファソラシ）』なんだ。王さんの『工工四尺上』は、ハーモニカの略譜では上図のようになる。

『大中華』という中国の曲で、王さんでも演奏できる。ぼくは王さんから笛を取り返し、自分で音階を練習してみるとすぐ吹けるようになった。この笛で二種類の調子が吹けることは知っている。一つは六本の指で全部を押さえてドとし、上に向かって一本ずつ放していくC調、もう一つは三本の指を放して（右手の指を全部放し、左手の指を全部押さえる）ドとし、上に向かって一本ずつ放していき、上まで行ったら戻るF調だ。これはハーモニカより便利だ。ハーモニカの調子は一つだけれど、笛は二つある。笛の音色もハーモニカに劣らず良く響き渡るので、吹く場所が遠いほどいい音に聞こえる。単純な竹の棒にこんな巧みな機能があるなんて、中国の楽器は本当に神秘的だ。

　ぼくは『工工四尺上』をぎこちなく吹きながら、父さんの部屋に行った。父さんがその笛はどうしたのかと聞いたので、ぼくはさっきの出来事を全部話し、最後に笑いながら「今吹いたのは、王さんが教えてくれた『公公四尺長、婆婆六尺長（おじいさんは四尺で、おばあさんは六尺だ）』だよ！」というと、父さんも笑った。父さんは笛を手に取り、ちょっと吹いてみてこう言った。「お前は中国人なのに中国の階名も知らないし、それを聞いて笑うなんて、それこそおかしいだろう。中国にも音名と階名があるんだよ。音名は、前に話した風鐸の『黄鐘《こうしょう》、大呂《たいりょ》、太簇《たいそう》、夾鐘《きょうしょう》、姑洗《こせん》、仲鐘《ちゅうしょう》、蕤賓《ずいひん》、林鐘《りんしょう》、夷則《いそく》、南呂《なんりょ》、無射《むしゃ》、応鐘《おうしょう》』の十二律で、西洋の『C、C♯、D、D♯、E、F、F♯、G、G♯、A、A♯、B』とだいたい同じだ。階名は、古代音楽と民俗音楽の二種類があるんだよ。古代音楽の階名は『宮《きゅう》、商《しょう》、角《かく》、変徴《へんち》、徴《ち》、羽《う》、変宮《へんきゅう》』の七音だけれど、そのうち二つは『変《へん》』を加えただけなので五音ともいうんだ。民俗音楽の階名は、王さんが話していた『上尺工凡六五乙』だよ。西洋の『ドレミファソラシ』に当たるんだ。京劇や昆劇はだいたいこの七音の階名で習うんだよ。音楽の練習には『宮商《きゅうしょう》』や『工尺』よりも便利だから、今、東洋の国々では独自の階名をやめて西洋の『ド』や『レ』を使っているんだよ。だから今では『ドレミ』が世界共通の階名になったんだ。西暦が世界共通の暦になったようにね。でも中国人だったら、古来の音名と階名も知っておかないとね。王さんは中国の伝統を守っているんだから、笑ったりしちゃだめだよ。ははは！」

　今日の父さんはとても興に乗っているとみて、さっきの感想を話してみた。「ぼく、笛売りのおじいさんは王さんより不思議だと思うよ。きれいな音色だけが聞こえてきたとき、仙人が魔笛を吹いているのかと思ったんだ。それが近付いてくると、腰が曲がってぼろぼろの服を着たおじいさんで、ただの竹笛を吹いていたんだ。その音色にこれほど感動するとは思いもしなかったよ」

「そんなのは不思議でもなんでもないよ。魔笛を吹く仙人を想像したなら、そのお話をしてあげよう。むかしむかし、とある外国の町に突然無数のネズミが現れ、家から道まで町中がネズミだらけになってしまった。ネズミたちは暴れ回り、食べ物は食べてしまうわ、服はかじるわ、昼夜構わずやりたい放題だった。町の人々は気も休まらなかったが、かといってネズミを駆除する方法も思い付かなかった。ある日、笛吹きのおじいさんが町にやって来た。そうだな、今日お前が会ったおじいさんと似たような風貌だ。そのおじいさんは、一匹につき一角でネズミを駆除すると言ったけれど、ぱっとしないその風貌を見た人々は信用しなかった。町長はとりあえず試してみようと、おじいさんの条件をのんで駆除を頼んだ。おじいさんが笛を吹きながら川の方へ歩いていくと、無数のネズミたちが飛び出して、おじいさんについて行った。ネズミたちは河辺まで来ると、一匹残らず河に飛び込み、二度と戻らなかった。おじいさんは最後に残った大ネズミにこう聞いた。「全部で何匹だい？」「全部で九九万九九九九匹です」そう答えると、その大ネズミも河に飛び込んでしまった。こうして町のネズミは残らず駆除された。おじいさんは町長に約束通り九九万九九九九角のお金を要求した。ずるい町長は「お金が欲しければ証拠を持ってこい。死骸一匹につき一角をやろう」と言った。証拠のないおじいさんはお金はいらないと言い、また笛を吹きながら山の方へ歩いて行った。その音色は前よりもっと美しく、町中の子供たちが飛び出て、おじいさんについて行った。山に着くと、ふもとの岩が突然開き、おじいさんはその中へ入って行った。子供たちもみんな後について入っていき、そして岩は閉じてしまった。たった一人、足の悪い子供だけが外に残されていた。歩くのが遅くて助かったのだ。大人たちが探しに来たときには、その子一人だけしか残っていなかった。その子は、ほかの子供たちが入って行った場所を教え、大人たちは鍬やら熊手やらを手に必死で岩を掘ったが、とうとう子供たちを捜し出すことはできなかった。こうしてその町は、その助かった子供以外に一人も子供がいない寂しい町になってしまったとさ。その町は今でもあるそうだよ。音楽の感化の力はこんなにもすごいんだよ、お前は信じるかい？」ぼくが答える前にお客さんが来たので、父さんは慌しく出て行ってしまった。

すると、また遠くから笛の音が聞こえてきた。小路を抜けると町のはずれに出てしまうので、笛を買う人は誰もいなくなる。だからおじいさんは笛を吹きながら、小路を行ったり来たりしているのだった。ぼくはあわてて東側の窓から眺めた。あのおじいさんが見えても、もう不思議で怖いとは思わなかった。それに、もう一度笛の音を聞いても、美しく伸びやかな音色には聞こえず、もの寂しげで神秘的な音色に聞こえた。おじいさんが近付いてきたので、ぼくはあわてて窓を閉めた。あの笛は嫌いになったから、王さんにあげよう。

『新少年』一九三七年四月二十五日第三巻第八期掲載

外国から来たおばさん

連合運動会は金曜日に閉会した。土曜日は一日休みになり、日曜日もいつも通り休みなので二連休になった。何をしようかな。

閉会後の夕方、宿泊先で荷物をまとめて学校に帰る準備をしていたら、突然父さんが訪ねてきた。先生と生徒しかいないところに父さんが立っているから、ぼくは違和感を覚えた。父さんを前にすると、ぼくの年が半分になって、自立した少年から親を頼る子供に変わってしまったような感じがする。運動会は終わったけれど、まだ休みにはなっていない。それなのに荷物をまとめる手を緩めたら、急に気が抜けたような気がした。「父さんも来たの？　運動会は無事に終わったよ。明日とあさっては休みなんだ」

父さんは「用事があって街に来たついでに寄ったんだよ。明日が休みなら今日は学校に戻らず、一緒におじさんの家に行って、明日一日遊んでからうちに帰ろう」と言った。

ぼくが返事をする前に、華先生が生徒の布団をたたみながら顔を上げて父さんに声をかけた。「柳さんも街にいらっしゃったんですか。それでしたら、如金くんと街に残ってくださいよ。明日もあさっても休みだし、なにしろ帰りの汽車はひどく込みますからね」

父さんが「そうですか、それならちょうどよかった。では失礼します」と言い、ぼくは自分の荷物を持って父さんと人力車に乗り込み、得意げにその場を離れた。華明くんが宿泊所の入り口まで見送りに来てくれた。別れ際、ぼくはちょっと感傷的になり、華明くんに申し訳ないような気持ちになった。

人力車で父さんが「おじさんはね、お前が五才のときに西洋へ留学に行って、最近帰ってきたんだ。お前はおそらく覚えていないだろうな」と話してくれた。ぼくが「おばさんは？」と聞くと、父さんは「おばさんは、おじさんが留学する一年前に亡くなったから、もっとわからないだろうね」と答え、笑いながら「でもおじさんは、歌がうまい外国人のおばさんと結婚して、今は一緒に住んでいるんだ。あとですごく上手な歌が聞けるよ」と言った。

着いたところはきれいな小さい洋館だった。出迎えてくれた、背広を着た長髪の男性がおじさんで、なんとなく覚えている。ぼくはあいさつをして、父さんの横に座った。男性のお手伝いさんがお茶を出してくれたが、おばさんは出て来ない。ぼくが立ち上がって「おばさんに会いたいです！」と言うと、おじさんは鳩が豆鉄砲を食らったような顔をした。父さんが傍らから「おばさんは晩ご飯の後でないと歌わないから、今はお客さんに会わないんだよ」と言って笑った。おじさんも笑った。ぼくはわけがわからず、不思議に思いながら座った。

おばさんが夕食にも来なかったので、なおさら不思議に思ったけれど、ぼくはもう聞かなかった。

夕暮れ時、父さんが「外国のおばさんに会いに二階へ行こう」と言った。

父さんについて二階へ上がってみると、二階もきれいな部屋で、家具も上品だった。でも誰もいない。

父さんが窓辺に置かれた大きなピアノを弾き始めた。おじさんはピアノの上の箱からバイオリンを取り出し、調弦してから父さんと一緒に演奏を始めた。ぼくは『音楽入門』という本の挿絵でバイオリンを見たことがあるけれど、本物を見るのは初めてだ。演奏方法はとても変わっていて、あごの下にバイオリンを挟み、大工さんがのこぎりを挽いているように奏でる。その音色はとっても優しくて柔らかく、まるで女の子の歌声のようだ。うっとりと聞き入ったぼくは、曲が終わるとつい「おじさんのバイオリンは女の子が歌っているみたい」と叫んでしまった。

するとと父さんがおじさんの手にしている楽器を指さし、「こちらが外国から来たおばさんだよ。ほら、ものすごく歌がうまいだろう？」と言い、みんなが大笑いした。なんだ、父さんの冗談だったんだ。以前母さんが「お前にはおばさんがいたけれど、結婚して一年後に病気で亡くなってしまったの。おじさんは再婚したくないと言い、一生音楽の研究をする決心をして、単身外国へ留学したのよ」と話してくれたことをふと思い出した。きっとその人がこのおじさんだ。「そうだったんですね！　ぼくは音楽が大好きだから、おばさんに音楽を教わりに来たんです」と言うと、みんな笑った。ぼくは近寄ってバイオリンを見せてもらった。おじさんは「如金くんも音楽が好きかい？　これからはぼくと一緒に研究しよう」とまじめに言った。すると父さんが「この子は音楽を好きは好きなんだが、残念なことに教えてくれる人がいないんですよ。私は前に学んだことをすっかり忘れてしまって教えられないしね。でもあなたが帰国されたから、これからはしょっちゅう教えてもらえますね。幸運な子だな」と言った。

おじさんに何を習ったかと聞かれたので、ぼくはハーモニカとオルガンを習ったけれどどちらも初心者だと答えた。続いてバイオリンが好きかと聞かれ、今までこんなにいい音の楽器は聞いたことがなく、とても好きだと答えた。ハーモニカは携帯に便利だけれど、複雑な曲は吹けない。オルガンは複雑な曲を演奏できるけれど、重すぎて持ち歩けず、音色が重々しくて活気がない感じがする。バイオリンは便利だし複雑な曲も演奏でき、軽快で活き活きしているから、本当に素敵な楽器だと思った。ぼくは「おじさん、ぜひ教えてください。ぼくもバイオリンが欲しいけれど、いくらぐらいですか」と言いながら、父さんの顔を見た。

父さんはおじさんに「まずは習えるかどうか、この子をテストしてくださいよ」と言い、それからぼくに「テストに合格したら、買ってやろう」と言った。

おじさんはぼくを座らせ、バイオリンで長い音を弾いてから「バイオリンの音に合わせて、『ラ』と歌ってごらん」と言った。言われた通りに歌うと、おじさんはうなずいて「そうだ、もう一度」と言った。次は三音上がった。前の音がドだとすると、今はミのはずだからその通り歌った。そして次はレ、その次はファ……。ぼくは一つ一つ歌っていった。おじさんのリズムはだんだん速くなり、音も上がったり下がったりしてだんだん不規則になっていった。ぼくは自分で自分の耳と喉を励ましながらぴったりとついて歌うと、なんとかついていけた。おじさんの演奏はでたらめに弾いているようなのにメロディーになっていて、とてもおもしろいと思った。

十分ほど伴奏について歌うと、おじさんはバイオリンを弾くのをやめ「よくできた。では調弦しよう」と言って、ぼくの膝の上にバイオリンを載せ、左手で弦を押さえ、右手で弾くのだと教えてくれた。ぼくがでたらめに押さえて弾くと音にならなかったので、おじさんは「ちょっと指をはなして。これがドだとする。順番にレ、ミ、ファ、ソ、ラ、シ、ド、と正確に押さえてみてごらん」と言った。ぼくは少し慌てた。弦はツルツルでハーモニカのような穴もないし、オルガンのような鍵盤もない。どうやって音階を探すのだろう。まあやってみよう。耳をよくよく澄ませ、人差指で弦を何度も何度も探っていたら、満足のいくレの音が出たので、ぼくはうれしくなってにっこりした。「よし。次はミだ」とおじさんが言った。今度は中指で一度探してみたらミの音が出たので、ぼくはまたにっこりした。「よし。次はファだ」。ぼくは薬指でしばらく探って、ようやくファの音を探り出せた。そのとき、ぼくは自分の指を見て驚いた。「あれ、中指と薬指が近すぎてくっついちゃうよ」父さんとおじさんが答えようとしたとき、ぼくはふとひらめいた。「ああ、そうか。半音だ！」父さんとおじさんは「その通り！　続けて」と同時に言った。それからソの音を出すと、指が五本ともふさがってしまい、ぼくは困っておじさんの顔を見た。「手を動かして人差指でソを押さえるんだよ」と言われたので、ぼくは右手を伸ばし、左手の小指で押さえているソを右手の親指で押さえてから、左手を動かして人差指を小指まで動かした。おじさんは手を振り「だめだめ、右手は使っちゃだめだよ。それに弦も見てはいけないよ。左手だけで探してごらん」と言った。右手を使ってはいけないなんて、びっくりだ。しかも弦を見るなだなんて、暗がりの中を手さぐりするようなものじゃないか。どうすればいいんだろう。困っているぼくを見ておじさんが、「耳が頼りだよ」とヒントをくれた。それを聞いて、ぼくはなんとなくわかった気がしたので、顔を起こして天井を見上げ、大胆に左手の人差指を動かしてみた。するとちょうど小指のソの所に当たり、続けてラ、シ、ド、と弾くことができた。

こうして何回か練習していると、おじさんがぼくからバイオリンを取り、父さんに言った。「よし、合格だよ。音を聞き分ける耳はかなりいいし、指もよくついていっている。習う資格はあるよ。明日、楽器を選びに行こう」

その晩、父さんたちはいろいろな曲を合奏した。それを見たぼくは、とてもうらやましかった。眠りに就く前には、新しい楽器が欲しくてたまらなくなり、今すぐにでも夜が明けてほしいと思った。

『新少年』一九三七年五月十日第三巻第九期掲載

芒種の歌

五時半になったので練習をやめ、バイオリンの弦を緩めて弓と一緒に箱にしまった。そして、北側の窓辺にあるラタンの椅子で一休みした。すると裏の田んぼの方から歌声が聞こえてきた。

「上有涼風下有水、為啥勿唱響山歌？……」

（訳）

ここには涼風も水もあるのに、どうして山歌を歌ってはいけないのか？……

歌声は果てしない空に共鳴し、水や風を伴奏にして澄んで響き渡り、とっても爽快で、この半月間にたまった体の疲れと精神的な苦痛を少しの間忘れることができた。

半月前、ぼくは運動会に参加するため街へ行った。閉会後は父さんと一緒に、音楽を研究している外国帰りのおじさんを訪ねた。おじさんがぼくの音楽の才能を認めてくれたので、父さんはおじさんに二十五元を渡してバイオリンの購入を頼み、しかもおじさんの書棚からつまらない楽譜を取り出してぼくに毎日バイオリンの練習をさせた。あの日、ぼくらはおじさんの演奏を聞いて口々にほめた。父さんなんて、おじさんと結婚した外国人の奥さんは歌がとてもうまいとぼくをからかったんだ。ぼくもこの音色は人の声のように優しくてきれいだと思い、バイオリンを習うことに決めた。ぼくは学校があって街に留まることができなかったので、父さんはおじさんをわざわざ家に招いて一週間泊まってもらい、初歩の指導を依頼した。ぼくは毎日四時に帰って来て、三十分休んでから練習を始め、五時半か六時まで弾いた。おじさんが街に戻ってからは、父さんが教えてくれた。練習を始めて半月経ったけれど、毎日立ったまま弾くので足は痛くなり、あごに挟んで弾くせいで首も痛めたらしく、体は疲れて精神的にとても苦痛だった。それに毎日硬い弦を押さえるので、左手の指先は腫れて皮が破れそうだった。やめたいけれど、父さんの期待に応えなくてはいけないし、どうしたらいいんだろう。以前、父さんは七十元のオルガンを買ってくれたが、小さすぎたぼくの手はドから・ドの鍵盤に届かず、本格的な練習は始めていなかった。今度は二十五元のバイオリンを買ってくれ、わざわざおじさんに依頼し、父さん自身も仕事を後回しにしてまで練習を催促しにくる。もしもまた途中で投げ出したら父さんに申し訳ないけれど、これ以上我慢したらぼくは本当に耐えられない。

あれこれ理由を考えて、この練習の本が全然おもしろくないせいにした。「ドレミ、レミファ、ミファソ……」か「ドレミド、レミファレ、ミファソミ……」か、毎日このつまらない練習の繰り返しで、一回も曲らしい曲を弾いたことがない。正直に言うと、七十元のオルガンも二十五元のバイオリンも、一元のハーモニカには遥かに及ばない。ハーモニカは練習すればすぐに吹けたし、曲はどれも楽しかった。何をするにもおもしろくなければ続かない。今のバイオリンの曲はなんのおもしろみもない。毎日学校が終わってから一時間も立ったままつまらないことをするなんて、たまらない。……今日の味気ない時間はもう終わったから、ちょっと散歩しよう。ラタンの椅子から立ち上がり、鏡を見て服を整え、重い気持ちのまま一階へ降りて行った。

するとおばあさんが片手に手提げ包みを持ち、もう片方の手で杖をつきながら門を入って来るのが見えた。母さんが出迎え、ぼくはおばあさんに駆け寄って「敬礼！」と叫んで挙手の礼をした。おばあさんは驚き、よろめいて転びそうになったけれど、母さんが素早く支えて大事には至らなかった。ああ、大変なことになるところだった。最近学校の訓練で年長者に会ったら敬礼をするように教わったから、おばあさんにもそうしないといけないと思ったのだ。今日はバイオリンの練習で気が滅入っていたから、ちょっと大きな声を出してしまったのかもしれない。相手が体育の先生だったらとても礼儀正しいのだけれど、おばあさんには怒鳴ったようになってしまい、すまなかったなと思った。母さんがうまく説明してくれたから、おばあさんも笑って済ませてくれた。でも、かなり驚かせてしまったようで、庭から応接間に行って座るまで、ずっと胸に手を当てていた。母さんは不機嫌そうな目つきでぼくを見た。自分が引き起こしたことなので、ぼくはすぐにその場を退散した。

門まで行くと、門番の部屋からバイオリンにそっくりな音が聞こえてきた。曲は優しくなめらかで、心地よい。ここは王さんの部屋だ。まさか王さんも二十五元でバイオリンを買って、こんなにうまくなったんだろうか？　部屋に入ってみると、王さんが顔を上に向け、足を組んで演奏しているところだった。王さんは竹の筒に竹の管と二本の弦を組み合わせた楽器を左手で支えてひざに乗せ、大工さんのノコギリのようなもので演奏している。簡単で楽しそうな上、音色も心地いい。王さんはぼくに気が付いて、さらに熱を入れた。ぼくは王さんの楽器をつかみ、何という楽器で何の曲かと尋ねた。王さんは弓を楽器に引っかけて、ぼくに見せてくれた。「私も弦楽器を持っているんですよ。ぼっちゃんのは二十五元で、これはたった三角五分。胡弓っていうんです。今のは『梅花三弄』という曲ですよ。どうでしたか?」

ぼくは王さんをまねて座り、弾いてみた。体は楽で、音も出しやすく、ぼくのバイオリンよりずっといいし音色も悪くないと思った。これはお芝居でよく使われる楽器で、床屋さんもよく弾いていたことを思い出した。前にハーモニカの演奏で『梅花三弄』を聞いたときには全然いいと思わなかったのに、どうして王さんが弾くと感動するんだろう。王さんに聞いてみると、彼は笑って「習うより慣れろ、ですよ。今は貧しくて年もとりましたが、若い時は楽しかったんですよ。当時、村の若者たちはみんな管楽器や弦楽器が演奏できたんです。鎮守さまの縁日になると、歩きながら演奏しました。その時の『拝香調』は、今でも覚えていますよ」と話しながら、ぼくの手から胡弓を取って、また弾き始めた。これは低俗で、父さんが言う退廃的な曲だ。好きじゃないと思っていたけれど、魔力のように引き込まれ、聞き続けてしまった。演奏が終わると、ぼくはいつの間にか胡弓を借り、王さんのメロディーをまねて練習を始めていた。知音を得た王さんはとても喜んで熱心に教えてくれた。ぼくはすぐに『拝香調』を半分覚え、しかもちょっとしたテクニックも使えるようになった。

誰かが窓からこちらを見ていた。よく見ると、それは父さんだった。ぼくは校則違反を見付けられた生徒のように急いで胡弓を返し、顔を赤くして部屋を出た。父さんは何も聞かなかったけれど、一緒に散歩しようと言った。父さんはぼくの手を引いて裏の田んぼへ向かい、道端の大きな石に腰かけた。

「どうして王さんにあの楽器を習ったんだい？」低くゆっくりとした父さんの声は、ぼくを厳しくとがめている。理由をでっちあげてごまかす勇気もなく、ぼくはバイオリンの練習がどんなに大変でどれだけつまらないかということと、胡弓に偶然魅せられたことを全部話した。そして最後にきっぱりとこう言った。

「でもこれは今だけだよ。これからは一生懸命頑張って練習するから。バイオリンをやめたりしないよ」

するとと父さんの顔がぱっと明るくなり、うれしそうに言った。「そうだったのか。父さんもうっかりしていたよ。バイオリンの練習がどんなものかを説明もしないで、きちんと練習しているかずっと見張っていたからな。ちょうどいい機会だから話しておこう。覚えておきなさい。音楽は楽しいだけではないし、いつもおもしろいわけでもないんだ。マスターするまでの練習期間は英語や数学の勉強よりつらいし、努力と忍耐もさらに必要になるんだよ。人生には必ず苦楽があって正比例するものなんだ。苦労が多ければ楽しさも多いし、反対に苦労しなければ楽しさも得られないんだよ。この不変の道理を決して忘れないようにしなさい。お前が習っているバイオリンは、楽器の中でも一番難しいんだ。やると決めたからには、苦しさもつらさも覚悟して学びなさい。今日からは気持ちを改めて、しばらくは楽しさを求めるのではなく、大変な時期なんだと思いなさい。足がだるくても、首が痛くても、指から血が出ても、負けずに続けなさい。それを乗り越えれば、楽しさという楽園があるんだよ」

もう夕日が沈みかけていたけれど、田んぼではまだ田植えをしている人がいた。田植えの歌声が聞こえてきた。


「上有涼風下有水、為啥勿唱響山歌？

肚里餓来心里愁、哪里来心里唱山歌？」

（訳）

ここには涼風も水もあるのに、どうして山歌を歌ってはいけないのか。

生活が貧しく心が憂い、どうして山歌を歌う気になれよう。


父さんが「お百姓さんの田植えの歌だよ。二十四節気の芒種になって、お百姓さんの苦労はこれから始まるんだ。田植え、耕作、肥料やり、水くみ、草取りなど、たくさんの苦労を重ね、秋が深まるころになってようやく収穫できるんだ。今も懸命に働き、生活の心配をしている。毎日一時間のバイオリン練習よりもつらいんだよ」と言った。

ぼくはうなずき、父さんについてゆっくりと家路に就いた。家に帰ってバイオリンを見たら、にこにこ顔からきびしい顔へとちょっと表情が変わっていた。

カエルの太鼓

おばさんにもうすぐ子供が生まれるので、母さんは実家に帰っていて夜も戻ってこない。家にはぼくと父さんの二人きりだ。父さんがぼくに、父さんの部屋の小さいベッドで寝るようにと言った。

今日はとても暑くて、温度計は三十一度を指したままずっと下がらない。父さんは蚊取り線香をつけ、ベッドで本を読んでいる。ぼくは小さいベッドで、蒸し暑さに寝返りしても寝られない。「父さん、寝られないからぼく起きるよ」

「もう十時だ。明日の朝起きられないよ」

「明日は日曜日だよ」

「あ、そうか。それなら涼んでから寝なさい。父さんも暑くて寝られないから、起きようか」

父さんは余暇を楽しむことをこよなく愛している。姉さんとぼくが学校に上がる前は家での楽しみがたくさんあったのに、二人とも学校へ行くようになってから、昼間は家にいないし、夜は勉強、早寝早起きになって余暇を楽しむ機会が減ってしまい、とてもがっかりしたのだそうだ。姉さんは去年から街の中学校の寮に入ったので、家にはぼくだけしかいない。ぼくはぼくで生徒としての時間が長く、父さんの子供としての時間が短くなってしまい、父さんの楽しみはさらに減ってしまったようだ。でも、父さんの興味は尽きることなく、休みのたびに何か楽しい事を考えて、無駄に過ごすことはない。いつも『Work while work, play while play!』という英語を口にして、父さん自身とぼくたちを慰めたり励ましたりしている。最初、この意味がわからなかったけれど、学校で英語を勉強した姉さんが「各フレーズの最初の文字は特に強く読むの。『働くときは全力で働き、遊ぶときには存分に遊ぶ』という意味よ」と手紙で教えてくれたので、やっとわかった。父さんはベッドから起き上がり、またこの言葉を口にした。「Work while work, play while play! 土曜日の夜だし、こんなに暑いんだから、外へ遊びに出かけよう!」

ぼくは「一階のテーブルの下にサイダーも二本あるよ」と、すかさず一番関心のあることを口にして、「外で飲もう!」と言った。

「おばあさんがくれたビスケットもあるから、それも持って夜のピクニックに出かけよう。おまえのリュックに、サイダーやビワを入れて背負っていきなさい。栓抜きも忘れずにね」父さんもぼくと同じようにワクワクしている。着替えを済ませて父さんはステッキを持ち、ぼくはリュックを背負って一階へ降りた。そしてテーブルの下のサイダーをリュックに入れ、出かける支度を整えた。

「こっそり行かないと、王さんに見付かって出してもらえなくなっちゃうよ」一緒に行くのは父さんなのに、庭の中ほどまで来てぼくはついこんなことを言ってしまった。父さんはぼくの手を引き、くすくす笑いながら、何も言わずにひたすら門へと向かった。門番の部屋のところで父さんは急に立ち止まると声を低くして「ほら、演奏が聞こえてくるよ」と言った。ぼくも足を止めて耳をよく澄ませてみると、それはぼくが最近歌った『五月歌』だった。ぼくは音楽に合わせて、小さい声で歌い出した。

「願得江水千尋、洗浄五月恨。
願得緑陰万頃、装点和平景。
雪我祖国恥、解我民生慍。
願得猛士如雲、協力守四境」

（訳）
大河の水を多く得て、五月の恨みを流したい。
広大な緑地を得て、平和な景色を飾りたい。
わが祖国の恥辱を晴らし、国民の怒りを解く。
無数の勇者を得て、力を合わせて祖国の四方を守りたい。

父さんはぼくの歌を聞き、いぶかしげに小声で聞いた。「誰が演奏しているんだい？」ぼくは父さんの耳元で「王さんが胡弓を弾いて、四さんが笛を吹いているんだよ」と答えた。父さんはもっと驚いて「王さんは『梅花三弄』と『孟姜女』しか弾けないと思っていたよ。この手の曲も弾けるのか。誰から教わったんだろう」と言った。「『開明唱歌教本』に載っている曲を、姉さんが書き写してぼくに送ってくれたんだ。

それを華明くんに貸したら、華明くんがお父さんの華先生に見せて、華先生がぼくたちに教えてくれたんだよ。おととい華明くんとここで歌っていたら、王さんに何という歌なのかと聞かれ、愛国の歌だと答えたんだ。この歌を歌えば、外国人に幾度となく虐げられたことを忘れることはない。王さんは、自分は貧しく身寄りのない年寄りだけれど、街頭の演説を聞いて憤慨した、みんなが乗っている大船が外から撃沈されようとしているときに、憤りを覚えない人なんていないと言って、この歌を習いに来たんだよ。王さんは音楽のセンスがとても良くて、ぼくが何回か歌っただけなのにすぐ胡弓で弾き、そのメロディーを四さんに教えて、笛で演奏させたんだよ。それで今では二人で合奏できるんだ」

ぼくの話を聞いた父さんは忍び足で窓に近付き、こっそり部屋の中をのぞいた。ぼくも一緒にのぞいた。ランニングシャツを着た王さんが椅子に座って胡弓を弾いているのが見えた。四さんもランニングシャツを着て、積み上げた物の上に片足を乗せ、唇を突き出して懸命に笛を吹いていた。二人とも鼻さきを見つめ、まじめくさったその様子がおかしかった一方で、とても感心した。というのも、部屋には蚊がすごくたくさんいて、音が鳴り出した途端、一斉に飛んできて二人の手や足、それに王さんのつるつる頭まで刺していたからだ。二人は演奏に忙しく、刺されるままになっていた。まるで愛国のために自らの血を犠牲にしているかのようだった。

突然演奏が終わり、二人は顔を見合わせて笑うと、楽器を置いて体中を掻き始めた。辺りはことのほか静かで、蚊の羽音だけが雷のように響いていた。ぼくはついつい「王さんと四さんの合奏に、蚊も参加し

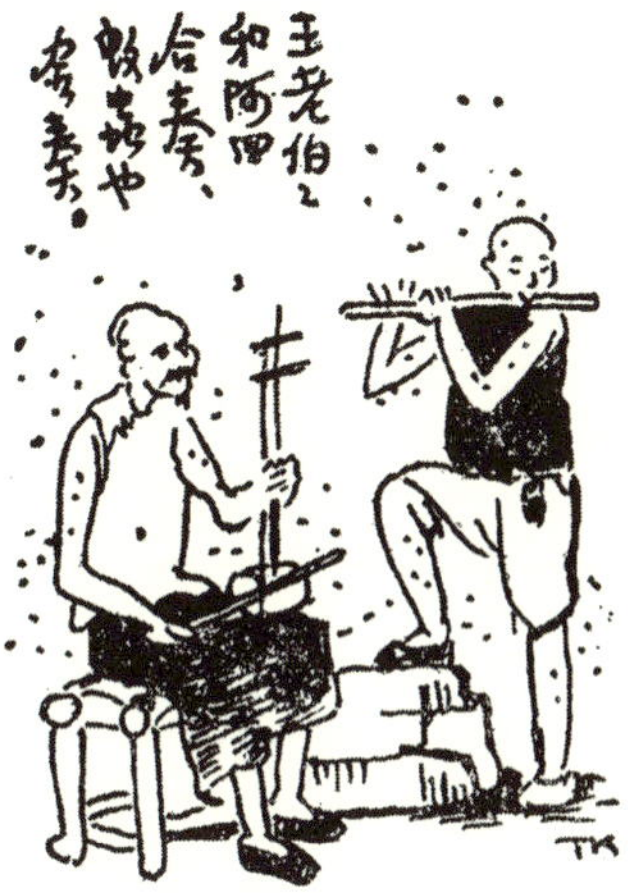

王さんと四さんの合奏に、蚊も参加しているよ

ているよ」と大声で叫んでしまった。

　声を聞き付けた二人は部屋から出てきて、ぼくたちを見て驚いた。父さんは笑いをこらえ、「あんまり暑いから、ちょっと散歩に行ってくる。すぐ戻ってくるから、門を開けておいておくれ」と言った。王さんは体を掻きながら空を見上げ「雨が降らなければいいですね。早く帰ってきてくださいよ」と言って送り出してくれた。

　暈《かさ》をかぶった月がぼんやりと照らし出す大自然は真っ暗闇で怖い。麦畑からとてもいい香りがしてきて、ぼくはふと夕べの話を思い出した。「父さん、夕べ教えてくれた蘇東坡《そとうば》（蘇軾《そしょく》）の詩『麦隴風来餅餌香（麦畑から吹いてくる風は焼餅の香りを思い起こさせる）』は、今ぼくもかいでいるこの風の香りでしょう？」父さんは笑って答えた。「ああ、そうだよ。『餅餌香（焼餅の香り）』か。じゃあ、あの角の石に座って餅乾（ビスケット）を食べよう」

あちこちからカエルの鳴き声が聞こえてくる。近くでケロケロ、遠くでグヮグヮ、合わさると風雨のようでもあり、潮流のようでもある。目を閉じれば、まるで幾千万の馬が駆けてくるようにも聞こえる。ぼくが「さっきの部屋では蚊が合奏していたけれど、ここではカエルが合奏しているね」と言うと、父さんの話が始まった。「本当だな。だから昔の人は『蛙鼓（カエルの太鼓）』と表現したんだよ。似ているのは音色だけじゃなくて、よく聞くと、途切れたり続いたり、強くなったり弱くなったり、リズムがあるみたいだね。さすが合奏といわれるだけあるよ。ほら、大オーケストラみたいだ。オーケストラを知っているかい？　管弦楽団のことだよ。ここは田舎だからまだ見る機会がないけれど、ラジオではよく放送されているから、いつかラジオを買えば聞くことができるよ。合奏の種類はいくつもあって、一人でも合奏だし、数人いても合奏なんだよ。何十人、何百人の合奏がいわゆるオーケストラなんだ。でもね、さっきの王さんと四さんのは、実は合奏じゃなくて斉奏というんだよ。合奏は数種類の楽器でいくつものメロディーを共に演奏することだよ。異なるメロディーが互いに調和し、いろいろな楽器で同時に演奏すると合奏になるんだ。王さんと四さんは、楽器は違うけれどメロディーは全く同じだから、斉奏なんだよ」ぼくはサイダーをもう半分飲んでしまった。

「オーケストラの人数と楽器の数は決まっていないんだ。規模が小さいものは数十人で十数種類の楽器を演奏するし、大きいものは数百人が数十種類の楽器を演奏するんだ。遠くで聞くと、無数のカエルが一斉に太鼓を叩いているみたいだよ。楽器は大きく四種に分けられるんだ。一つ目は弦で音が出る弦楽器だよ。

お前が習っているバイオリンは弦楽器の中では一番重要で、数本から何十本ものバイオリンが同時に主旋律を演奏するんだ。二つ目は簫や笛などの木管楽器で、とても澄んだ音色だよ。三つ目はラッパなどの金管楽器（銅管楽器）で、音が一番響くんだ。四つ目は太鼓などの打楽器で、音が大きいんだよ。オーケストラはステージ上の四種類の楽器の位置が決まっているんだ。弦楽器は一番重要だから最前列で、木管楽器はその次、金管楽器は一番響くから後ろの方がいい。打楽器は音が大きく、リズムを取るから、最後列なんだ。この四種の楽器で演奏する楽曲を『交響曲』といい、一番長い楽曲なんだよ」ぼくは最後の一口を飲み干した。

「最大のオーケストラは千人以上で『千人管弦楽団』というんだよ。今は無数のカエルたちを『千人管弦楽団』に見立てて、カエルの交響曲を聞くとしようか」そう言うと、父さんもサイダーを飲み干した。

夜露で体がちょっとしっとりしてきた。ぼくたちはどちらからともなく立ち上がり、空き瓶を片付けて、ゆっくりと帰路についた。床に就いたのはもう夜中の十二時だった。その晩、夢を二つ見た。父さんの買ってきたラジオが台所に置いてあって、とてもいい音がする夢と、たくさんのカエルが楽器（ほとんど太鼓）を持ってステージで交響曲を演奏している夢だった。突然一匹のカエルがラッパを大きく吹き鳴らしたので、ぼくはびっくりして目が覚めた。それはラッパじゃなくて工場の蒸気パイプの音だった。まだ五時半だ。あ、今日は日曜日だったんだ。ぼくはまた深い眠りに就いた。

『新少年』一九三七年六月十日第三巻第十一期掲載

音楽の意義

私たちの五感のうち、視覚と聴覚はその独特な性質から『高等感覚』と呼ばれている。なぜなら味覚や嗅覚など他の感覚器官とは異なり、訓練によって向上させる必要があるからだ。また、他の感覚器官の対象は普通一人（または少人数）に限られる。例えば、張さんが一つのアメを食べたとする。甘さを感じるのは張さんだけで、他の人とその甘さを共有することはできない。共有するためには、一つのアメを分け、各自の分け前を減らすことになる。しかし視覚と聴覚は違う。例えば、絵や歌を鑑賞する場合は、張さんや李さん、王さんや趙さんなど誰もが平等に見聞きすることが可能で、人が増えたからといって分け前が減ることはない。以上が高等器官といわれる理由である。人類は高等感覚に対して二つの芸術を作り出した。『視覚の芸術』と『聴覚の芸術』である。視覚の芸術は主として絵画、彫刻、建築などの美術、聴覚の芸術は主として音楽である。美術は目で色や形を鑑賞するのに対し、音楽は耳で鑑賞する芸術である。

ところで、自然界には自然音と呼ばれるさまざまな音が存在する。中でも風の音や水の音、鳥の声などはとても心地良く感じるのではないだろうか。だが、理論にかなっていなくては芸術と呼べないので、自然音は人が手を入れることでようやく音楽になり得る。

風の音は、自然では低い音から徐々に高くなるのか、高い音から徐々に低くなるのかという順序はな

音 ｛ 高低→音価→｛旋律／和声｝；強弱・長短｝拍子、リズム；音色→声楽、器楽 ｝ 音楽

い。水がさらさらと流れる音は、昼夜途切れることがなく決まりもないし、鳥がチチチと鳴く声は、特徴的だがとても単調だ。人類はこれらの自然界の美しい音を聞き、方法を考え整理して音楽を創作した。例えば、風の音に高低があることを見付けてそれに制約を加え、間を一定に分けることでドレミファソラシの音階を生み出した。つまり音階は風の音の芸術化といえる。また、水の音に強弱や長短があることを見付けてそれに役割を定め、規則的に分割することで三拍子、四拍子などの『拍子』や、さまざまなリズムを生み出した。つまり拍子とリズムは水の音の芸術化といえる。さらに、鳥の鳴き声に特徴を見付けてその性質や状態を人の声に当てはめ、『声部（パート）』に分けて各種楽器の『音色』を作り出した。すなわち声楽と器楽は自然界の美音の芸術が発展したものといえる。音階を前後に組み合わせて旋律とし、さらにそれを組み合わせることで和声（ハーモニー）とした。このように自然音を整理することによって音楽は生まれ、上の図のように表すことができる。

　音階が旋律となり、それが組み合わさって和声（ハーモニー）となり、規則的な拍子を合わせてリズムを決め、人声または楽器で表現すると音楽になるの

だ。よって音楽は『理論にかなった声や音からなる芸術』といえるのである。

『開明音楽教本・楽理編』（上海開明書店出版、豊子愷・裘夢痕共著）一九三五年初版より

音楽と人生

学生の多くが音楽の授業は歌を歌うから他の科目よりも親しみがあり、教室の雰囲気は他よりも温かいと感じていることだろう。この点から、音楽と人生の深い関係がわかる。芸術には人の心を感化する大きな力がある。なかでも音楽は最も微妙で神秘的な芸術であり、人生をいつの間にか感化する力が一番強いのだ。音楽は、個人にとって良き友、良き師であり、集団にとっては形のない有力な指導者なのである。

個人が音楽から受ける恵みは、主に癒しと陶冶《とうや》である。

日常生活では、勉強でも仕事でも毎日理性を働かせなければならず、肉体的にも精神的にも非常に苦労する。『世智《せち》（世俗に生きる凡夫の智恵）』や『塵労《じんろう》（煩悩）』という言葉がある。私たちの理知的な生活には多くの苦労があり、情緒的な生活はこの世智にコントロールされていて、思うがままにするのは難しい。私たちに伸びやかで情緒的な生活の機会を与えてくれるのは、芸術だけなのである。芸術の中でも一番活き活きとした音楽は、精神的に大きな癒しを与えてくれるので、苦労している人たちは自然と音楽を求めてきた。農夫には田植歌、船頭には船歌、母には子守歌、労働者には民謡などがあり、彼らは毎日大変な苦労をしているが、音楽に癒されているのである。ある外国の音楽論者は、『music as food』と表現した。音楽は人生において食べ物と同様大切なものだという意味である。食べ物は体の栄養だが、音楽は心の栄養、つまり『音楽は心の糧』なのである。

心の糧である音楽が、人生に与える影響は当然大きい。良い音楽は精神を陶冶するが、そうでない音楽は心を傷つけてしまう。そのため、抜かりなく慎重に音楽の善し悪しを見極める必要があるのだ。飲み物に例えれば、牛乳は体にいいが、お酒は体を害するということである。音楽も同じで、高尚な音楽はいつの間にか心を感化して健全な人格を創るが、そうでない音楽は逆に人を堕落させてしまう。だから慎重に良い音楽を選び、その恩恵を受ける必要がある。「作楽崇徳（楽を作り徳を尊ぶ）」という昔の言葉がある。良い音楽は人を癒すだけでなく、人の心も鍛練して崇高な道徳を身に付けさせるのだ。学校が音楽を必修科目としている主旨はここにある。よって音楽は個人にとって良き友であり良き師であるといえるのである。

また、集団に対する音楽の影響力はより大きいものとなる。私たちは音楽を聞いたり歌ったりすると、感情が曲と同化する。大勢で聞いたり歌ったりすれば、みんなの感情が溶け合って精神的に団結する。愛国の歌で全国民が意気高揚したり、軍歌で全軍が勇敢に突き進んだり、追悼の歌でしみじみと泣いたりするのは、音楽の神秘的な影響力の表れである。『楽以教和（楽を以って和を教える）』という古人の言葉は、音楽は大衆の心を融合させ一つにすることができるという意味である。昔から音楽の発展は、常に民族の盛衰と関係してきた。いくつか例を挙げてみよう。周公（周公旦、西周〈前一〇五〇？—前二五六〉の政治家）が制度・礼楽を定めた周朝は全盛を極め、西ローマ（フランク・ローマ）皇帝カール大帝（在位七六八―八一四）のヨーロッパ統一は、まさにグレゴリオ聖歌（第六四代ローマ教皇グレゴリウス一世が編纂したとされる音楽）が発達した時代である。また、普仏戦争（一八七〇―一八七一）以前のドイツの国力は強大であった。当時、ドイツ国内の音楽はとても盛んで、ベートーベン、シューベルト、メンデルスゾーン、シューマン、ブラームスなど偉大な音楽家を輩出し、世界的に音楽の権力を握っていた。一方、スペインでは国力が衰退する際、その国内で低俗な音楽が流行した。日本の江戸時代には品のない音楽が流行し、その国力は衰退していった。音楽の盛衰が民族の盛衰の原因になっていると確定はできないが、少なくとも因果関係はあるといえるだろう。また、鄭衛《ていえい》①の音楽は『亡国の音楽』と呼ばれている。音楽を知れば、興国も亡国も可能なのだ。よって音楽は集団にとって有力な指導者といえるのである。

今の中国には、有力な指導者が必要である。民族精神が振るわないのは、良い音楽の欠けていることが大きな原因の一つだろう。それを補うには、関係当局の呼びかけ、作曲家の努力に国民の理解が必要なのだ。本書は後者の一部に働きかけているにすぎない。

『開明音楽教本・楽理編』（上海開明書店出版、豊子愷・裘夢痕共著）一九三五年初版より

① 春秋戦国時代の鄭国（前八〇六―前三七五）と衛国（？―前二〇九）。両国の音楽は『乱世の音楽』といわれた。

音楽の入門者へ

音楽とは

音楽とは感情を表現することに一番優れた芸術である。

「言葉も感情を表現できるのに、どうして音楽が一番だと言えるのか」との質問があった。

人は心で考えたことを言葉にできると思っているが、言葉にしたものは実は思考の外側の事実にすぎず、内面の感情を細やかに表現しているわけではない。思考とは外側の事実と内面の感情を兼ね備えたものであり、言葉は事実の記録に向いているが、感情の表現には向いていない。例えば、昨晩見た奇妙な夢の情景を翌朝誰かに話そうとすると、話せるのは夢の中の事実であって、感情を一つ一つ相手に伝えるのは難しい。相手はあなたが夢の中でどんな所へ行って、どんな変な人に会い、どんな奇妙なことに遭遇したかがわかるだけで、あなた自身が味わった気持ちのすべてを理解できるわけではない。

近代ドイツの大音楽家シューマンは、目覚めてすぐに夢の中の感情を音楽で表現し、世界的に著名な傑作『トロイメライ』を作曲した。今では中国の音楽学習者の中にもこの名曲を聞いたことのある人はいるかもしれないが、ピアノやバイオリンで弾いたことのある人はほとんどいないだろう。聞いたことがなくても探せば簡単に鑑賞できる。この曲で表現されているのは、すべて夢の中の感情である。夢の情景を伝えているわけではないが、曲全体に夢の雰囲気が表現されていて、聞く人全員にその感情を体験させてくれる。一度聞けば、まるでシューマンと同じ夢をみているような気持ちになるのだ。いくら雄弁な演説家や優れた作家でも、シューマンの音楽と同じように夢の感情を繊細に表現し尽くすことは不可能である。よって『音楽とは感情を表現することに一番優れた芸術』といえるのである。

前述の理由から、泣くことやため息をつくこともまた、言葉で訴えるより繊細に感情を表現することができるのだといえる。泣き声やため息に意味はなく、その苦痛の内容を語っているわけではないのに、その声や音を聞くと言葉より心に響きやすい。つまり声や音が感情を伝えることに一番優れているのである。

感情を伝えるという点において、音楽は詩歌文学など他の芸術よりも勝っている。その点で及ばない詩歌文学は、いろいろな符合でそれを補う。例えば『！』や『？』などは口調を補い、言葉に音楽的な要素を添えている。

みなさんは白居易の『琵琶行』を読んだことがあるだろうか。『凄凄不似向前声、満座重聞皆掩泣（その音は先ほどとは違って物悲しく聞こえ、満座の者は再び聞いて皆涙にくれた）』もしもこの薄命の女性が琵琶を弾けず、口だけでその不運を訴えたとしたら、白居易はおそらく憂い嘆くのみで、その座にいる人すべてが顔を覆って泣くとは限らなかったはずだ。このことから音楽は言葉よりも感情を伝えやすいことがわかる。白居易は涙で袖を濡らし、見事な文章で『琵琶行』を書きあげたが、この詩を読んだだけでは普通は泣かないだろう。よって、音楽は詩歌文学よりも感情を伝えやすいといえるのである。

感情は味わいのようなものである。甘・酸・苦・辛などの文字は記号にすぎず、味覚を完全に表現しているわけではない。味は舌で実際に感じるものなのだ。感情もそれと同じで、喜・怒・哀・楽などの文字も記号であり、感情を完全に表現しているわけではない。しかし、抑揚とリズムのある音楽は、聞くことで作曲者の実際の気持ちを理解することができる。よって音楽は『感情の言葉』といえる。私たちが普段使う言語は理性の言葉で、外側の考えを伝えるだけだが、感情の言葉は内なる心を伝える。この世の中で生きていくには、感情の言葉、つまり音楽によって感情を表現し、心をさらけ出すことでお互いに理解し認め合うことが必要である。もしも音楽がなければ、人々の生活はなんとも味気なく、世間は寂しいものとなってしまうに違いない。

器楽を敬い大切にすること

音楽は人生にとって前述したような功徳があるので、私たちは音楽を学ぶのである。しかし、音楽の入門者はともすれば正しい学び方がわからず道を誤りやすいので、次の三つの言葉で忠告しよう。ぜひ意識してほしい。

1. 器楽を敬い大切にすること
2. 音階練習に励むこと
3. 曲趣（曲の持ち味）を聞き分けること

では一つずつ説明しよう。

器楽とは何か。音楽を学ぶのになぜ器楽を敬い大切にするのか。

音楽は声楽と器楽に大きく二分される。声楽とは人の喉で歌うことで、その音楽を『声楽曲』という。器楽はオルガン、ピアノ、バイオリンなどの楽器で演奏することで、その音楽を『器楽曲』という。声楽と器楽にはそれぞれ長所があり、専門的な音楽学校ではほとんどが二つの学科を設けて専門家を養成しているが、いずれも大変な時間を要する。声楽曲と器楽曲には、歌詞の有無という明確な違いがある。歌詞は詩歌の一種で、この詩歌を楽譜上の音の高低に合わせて歌う。一般の学校で歌う歌は楽譜も歌詞もあるので、声楽曲である。一方、前述した『琵琶行』の女性が弾く琵琶の曲には歌詞がないので、こちらは器楽曲である。

「歌詞は詩歌で、詩歌は文学である」という点から、声楽曲は音楽と文学が合わさったもので純粋な音楽ではないということがわかる。文字を一切用いない器楽曲こそ、純粋で正式な音楽なのだ。文学と音楽の合わさったもの、言い換えれば『文学に音楽の要素を加えたもの』は文学を歌にする、あるいは『音楽に文学の要素を加えたもの』は、音楽を用いて事実を表現する（例：花の歌、鳥の歌などにおける花や鳥は事実である）。しかし前述のように、事実を記すことは文学の本分なので、厳密にいうと声楽曲は正式な音楽ではなく、総合芸術の一種なのである。器楽曲だけが一切文字に頼らず、音だけで感情を表現する正式な音楽であり、音楽の本質なのだ。

音楽を学ぶ人は、一般の学校でも音楽学校でも、器楽を敬い大切にすることによって音楽の本質を知ることができる。つまり音楽を聞くときは、音の高低・強弱・長短（すなわち楽譜）に注意して、音楽のおもしろさを探求するものであって、そのおもしろさを歌詞だけに求めないでほしい。歌詞は音楽の飾りにすぎないので、歌詞で音楽を評価してはならない。そうでなければ、弊害が生じてしまう。たとえば『春景』[①]の「南園春半踏青時、風和聞馬嘶……（春半ば南園に遊ぶと、風が吹き馬の嘶きが聞こえる……）」という歌詞を見れば、その曲の雰囲気は歌詞と同じように平和なものだと思うに違いない。『秋夕』[②]の「銀燭秋光冷画屛、軽羅小扇補流蛍……（美しいロウソクの明かりが絵屛風を寒々と照らし出し、軽やかな小さい扇で飛び交う蛍を捕まえる……）」という歌詞を見れば、美しく静かな曲だと思うだろう。これでは歌詞に頼ってしまい、音楽の本質を知ることはできない。さらに、曲と歌詞が全く合っていないことがある。葬送の曲に結婚の歌詞をつけたり、結婚の曲に葬送の歌詞をつけたりというようなことがあれば、歌詞に騙されて曲の理解を誤ってしまう。そんなことはおそらく起きないだろうが、近ごろあちこちで活動している音楽隊には、この類のおかしな間違いがあるのだ。婚礼、葬送、新規開店など、その場面にかかわらず演奏する曲は同じレパートリーの何曲かで、不自然に感じることもある。普段から歌詞で曲の趣を

① 『中文名歌五十曲』（上海開明書店一九二六年出版、豊子愷編著）三十二頁参照
② 『中文名歌五十曲』三十一頁参照

判断している人はおかしな曲を聞いてもわからないが、日頃から音楽の本質に注意している人ならその高低・強弱・長短を聞いてすぐに間違いがわかるだろう。

音楽の本質を知らない人がするもう一つのこと、それは音楽を批判する一部の人が歌詞だけを見て音楽の本質に触れないということだ。曲の中にみだらな言葉があるからみだらな音楽だと言ったり、がさつな言葉があるから下品な音楽だと言ったりする人がいるが、いずれも音楽の本質には触れていない。五線譜のわかる人が少ない今、的を射た音楽批評ができるはずはない。五線譜がわからないということは音楽の最低限の教養がないということであり、音楽の本質に近付くことはできない。しかも五線譜の下の歌詞だけを見て適当に批評するため、音楽と関係のない批評となる。だから若い人たちには、一人一人が五線譜の常識を備え、音楽の本質に近付けるようになってほしいと思う。そうすれば、音楽界も批評界も共に進歩するだろう。

前節で述べたように、音楽の本質は感情を表現することにある。そのため感情表現に優れている人は、具体的な言葉や文字ではなく音声だけを用いる。音楽の最大の功徳を受けるには、音楽の本質を研究し、器楽を敬い大切にしなければならないのである。

「器楽を敬い大切にしなければならないのに、どうして学校では器楽ではなく歌を教えるのか」という質問があった。

学校でまず歌を教えなければならないのは「どの音楽を研究するにも、まず歌から」であるからだ。一般の学生でも音楽を専門に学ぶ学生でも、入門時には歌を学ばなければならない。歌の練習をある程度積んでから、声楽なり、ピアノなり、バイオリンなりを専修すればよい。音楽の研究をするならまず音の観念と音律の世界のおおよそのしくみを確立させることが先決である。音の『高低』とは何か、『強弱』とは、『長短』、『音階』、『旋律』、『和音』、『リズム』とは何か、などが音の世界のおおよそのしくみである。これらの知識は単に話を聞いたり本を読んだりするだけで得られるものではなく、自分の喉で練習しなければ具体的に理解することはできない。歌の練習は音楽の世界の地勢図といえる。この図を見たことがなければ、音楽の世界は混沌としていて果てしなく、つかみどころがないと感じるだろう（音楽の知識のない人がよく覚える感覚）。一方、図を見ればその範囲（音域）・境界（音階）・中心（主音）・道路（旋律）がはっきりする。

さらに一般の学校の学生だけでなく、専門に学ぶ学生もまた入門の段階で歌を重視し、器楽を専修したあとも時々歌を練習する必要がある。なぜなら、両者は相互的に上達するからである。

本来、一般の学校の学生が習うのも歌だけに限ることはない。今の学校で歌を教えるにとどまっているのは設備が整っていないだけであって、器楽の練習を許可していないわけではない。私は、若い人たちはみんな器楽を勉強するべきだと思っている。そうすることで、より音楽の才能が磨かれ、心身の健康が促進されるなど、その得るところは大きい。しかし学校側からすれば大勢の学生のためにスケジュールを決め、楽器を用意して教師を招くことなど、もとより大変なのだ。特に音楽に理解のある教育者以外は、その力があってもおそらくこのやり方に賛成はしないだろう。このため、現在、ほとんどの一般の学校は数時間の歌の時間を設けているだけなのである。設備がなくても、もしくは一時間だけでもなんとかなる。若者たちはこの一時間に音楽と接する以外、黙々と本を読むか、懸命にボールと戯れるかで、実につらい学校生活だろうと思う。

音楽学習の初歩段階で歌を学ぶ理由は前述の通りである。ただし一つだけ注意が必要だ。歌う際は、歌詞だけに楽しさを見出すのではなく、音楽そのもの、つまり楽譜を理解しなければならない。歌詞の意味だけでいい歌だと思ったり、ドレミファソラシに意味がないからつまらないと嫌ったりしないでほしい。音楽の本質を知ること、それがこの『ドレミファソラシ』に託されている。だから、みなさんには音階練習に励むようすすめるのだ。

音階練習に励むこと

仏法を修める人には『南無阿弥陀仏』の六字経（名号《みょうごう》）がある。音楽を学ぶ人にも『ドレミファソラシ』の『七字経』がある。仏教徒は「南無阿弥陀仏を念ずれば、西方浄土へ行ける」といい、音楽を学ぶ人は「ドレミファソラシを歌えば、音楽の世界へ入れる」という。

ドレミファソラシを軽視してはいけない。この七文字で本当に音楽の世界へ渡ることができるのだ。この七文字が『音階』である。音階が正しければ、すべての音楽が上手に歌え、演奏できる。音楽の授業における次のような練習を「毎日の練習」という。

ドレミファソラシド、ドシラソファミレド、ドミソドドソミド

毎日練習する人は、毎回歌う前にまずこの練習を数回はしなければならない。

そしてそれはきちんとした態度で行う。姿勢を整え、口を一定の形にして一文字ずつ丁寧に歌わなければ[3]効果は得られない。

しかし実状は正反対である。現在、授業でこのような練習をきっちりと行う学校が何校あるだろうか。念仏を唱えるような味気ないことをする人が、今の学生に何人いるだろうか。彼らはみんな賢く、型にはまったことはしないで、うまく楽しいことだけをしたいと思っている。歌の授業では、楽しい歌や派手で軽い歌、調子のいい歌、実用的な歌を歌いたがる。実用的な歌とは、今流行しているオペレッタのように、音楽の知識がない人の興味を引く覚えやすい歌のことである。オペレッタを覚えれば演芸会や懇親会などのステージで演じられるし、簡単でおもしろいから実用に適しているのだ。唱歌を教えずにオペレッタだけを教える小学校まであり、なんとずるく楽をしていることだろうか。実にいい加減なやり方である。出し物を演じることは悪いことではないし学校でオペラを教えることもいいと思うが、行きすぎは良くない。学生がまず正しい音楽の知識を身に付け、基礎が確立した上でオペラを学んで表現力に触れるなら学業同

③『音楽入門』（上海開明書店一九二六年出版、豊子愷著）百三十一頁参照。

様に大変価値があるのだが、損得で考えれば、教育の意義を完全に失ってしまう。すべての学校、そして教師や学生のみなさんにはこの点に注意してほしいと思う。

音楽の授業で、なぜ念仏を唱えるように音階練習をしなければならないのか。その理由は次の通りである。

すべての音楽はドからシまでの七音を交互に繰り返したものにすぎない。この七音は次第に高くなるが、はしごを七歩上るのとは違って隣り合う音の距離がそれぞれ異なる。その間隔には大きさがあり、音の高さにも差がある。自然と順序立ったこの七音の関係は家族に似ている。ドは主人、ソは主婦、他の音は家族の一員で、その地位もそれぞれに違う。そしてすべての音楽はまるでこの家庭のようである。音楽の研究者は入門の段階でこの家族関係を把握し、詳しく調べなければならない。これが『音階練習』である。家族関係に詳しくなるほどその家庭を十分に理解できるのと同様、音階練習をすればするほど音楽を十分に理解できるのである。よって音楽の研究者は、音階練習に励むべきなのである。

ドからレ、ドからミ、ドからファ、ドからソ、ドからラ、ドからシ、すべて距離が違い、歌う人は自分の喉で実際の距離を測らなければならない。音階のどの距離でも正確にとらえて、すべての歌を正確に歌い理解する必要がある。これが『音程練習』[4]である。普通の人は音階練習と音程練習を苦しくつまらない授業だと思っている。

メロディーになっておらず、意味もないうえに難しいので、つらくてつまらず、一般の学習者はみなこの基本練習が嫌いなのだ。彼らは歌の授業になるとすぐに華やかで美しい曲を歌いたがるが、これは正しい態度ではない。学習者が苦労をしないで小さな成果を求めるのは、興味が浅いためなのだ。何事も苦労に耐えなければ、決して豊かな収穫は得られない。小手先の成果を求めれば、大きな成功を逃してしまう。興味が浅ければ高尚な芸術には近付けない。基本練習に励む人は苦しくつらいだろうが、音楽の素晴らしさを深く知り高尚な芸術に近付けるという報いがある。音楽学習の入門段階ですぐにおもしろさを求め簡単な曲を歌いたがる人は、楽しいかもしれないが高尚な芸術の境地を夢見ることはできない。前者はカンランを、後者はアメを食べるようなものである。アメは口に入れたときには甘いが、甘いだけでほかに何も得るところはない。カンランは口に入れたときには苦いが、しばらくすると微妙で深い味がしてくるもので、アメのように薄っぺらな甘さとは比べ物にならない。この例えを踏まえ、読者のみなさんがご自身で選択してもらいたい。

芸術の研究には基本練習が付き物だ。音楽だけでなく美術もそうである。音楽の基本練習は音階と音程の練習、美術の基本練習は石膏模型と人体のスケッチである。基本練習を積み重ねるほど芸術の教養はより深く極められ、得られる喜びもひとしおとなる。これについては、どの芸術を研究する人も知っておくべきであろう。

④『音楽入門』一二七頁参照

曲趣を聞き分けること

曲趣とはつまり曲の持ち味のことである。この曲は勇壮だとか、楽しいとか、美しい、物悲しいなどと感じることが曲趣で、自分の感情を頼りに聞き分けるほかはない。自分の口に合う物を見付けるには、その味を知り、舌で味わう以外に方法がないのと同じことだ。曲趣を聞き分けるには、まず高尚さと低俗さを区別することが大事である。ここでもカンランとアメに例えてみよう。高尚な音楽はカンランに似てその味は深いが、低俗な音楽はアメに似てその味も浅い。さらに明確な違いとして、高尚な音楽は初めて聞いたときに素晴らしいと思い、もう一度聞くとより素晴らしく感じ、聞くほどに感動して飽きることはない。低俗な音楽はその反対で、初めて聞くと華やかで調子も良く甘美に感じるが、もう一度聞くとお決まりの調子が嫌になり、三度目には聞きたくなくなって、しまいには気分が悪くなる。うわべだけのおもしろさを求める人は、楽曲の複雑さや華やかさを好んで、素朴な歌を好まない。芸術の価値の高さは、実は曲の複雑さではない。音が少なく簡単な曲でも、深く高尚な趣がある。二つ例を挙げてみよう。(五線譜がわからない人のため、略譜にする)

略譜一と略譜二のこの二曲は、音が少なくゆっくりとしたテンポで飾り気もない。一見、ありきたりな曲でたいしたこともないように感じるが、何度かきちんと歌ってみるとその良さがわかる。一曲目は、おごそかで静かな趣があり、背筋の伸びる感じがする。二曲目は、限りなく感傷的で、深くやり切れない悲しみがある。しかしこれはほんの一例を示したにすぎない。すべての曲の趣は言葉では言い表せないので、

略譜一

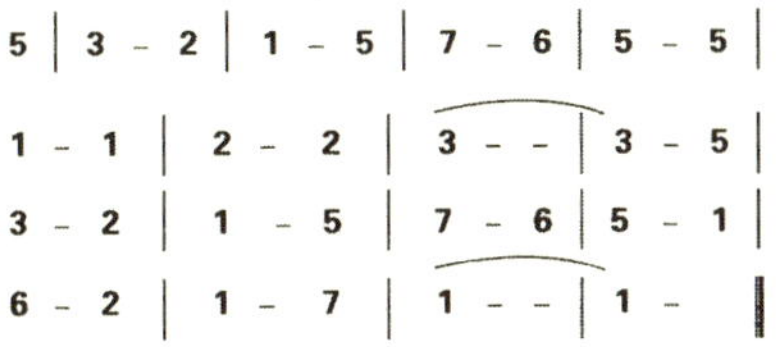

略譜二

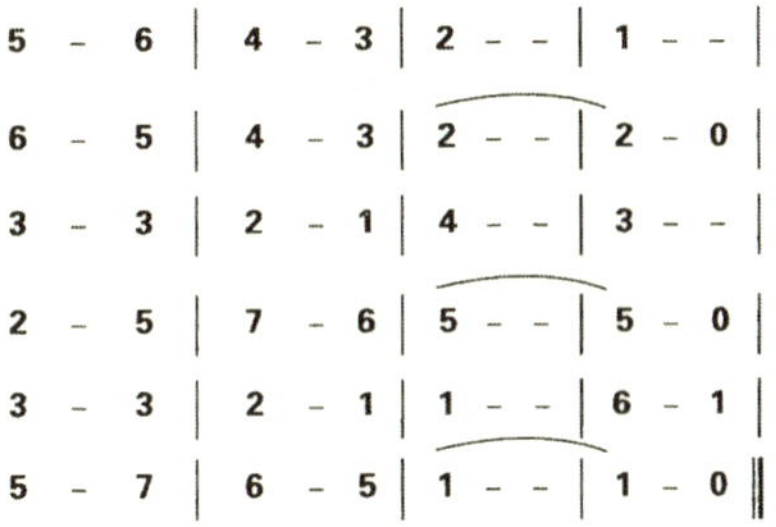

略譜三

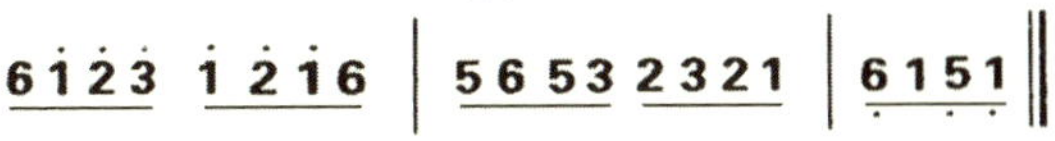

自分の感情で味わい自ら感じるほかはないのだ。

このことからわかるように、テンポの速い曲が良い音楽とは限らない。今の人たちのほとんどが『梅花三弄』や流行歌のように、派手で華やかな音楽を好む。なんとも堕落した現象で、非常に憂慮している。例えばこのような曲である。

この略譜三のフレーズこそ、普通の人から高く評価される部分なのである。このような旋律はもともと低俗な音楽だったわけではないが、乱用された結果、軽い曲に変わってしまい聞いていられない。一般の人は音楽の教育を受けていないので、軽いリズムに惑わされやすく、その趣味が堕落してきているのだ。『従善如登、従悪如崩（善きに従うは山に登

略譜四

略譜五

るがごとし、悪に従うは山が崩れるがごとし）』という言葉があるが、音楽もまさにその通りである。高尚な曲趣を理解するのは登山のように大変である一方、低俗な音楽に惑わされるとはしごを降りるように楽なのだ。もし、道行く人に前頁三例の音楽を聞かせてどれが好きかと尋ねれば、おそらく三曲目を選ぶだろう。一曲目や二曲目を好きになってもらうには、その人に良好な音楽教育を受けてもらうほかはない。学校内にいる、独学で学んだオルガン奏者をみていただきたい。きちんと教える先生がいなかったので、その人本来の音楽の才能に頼ってオルガン演奏がうまくなった学生だ。そのような学生はバリエーションを加えることを好む。バリエーションを好む人は、一フレーズに装飾を加えて華やかにする。例えば原曲に楽譜四のような部分がある。

そのオルガン奏者は自分の腕を見せるため、略譜五のように変化させる。音楽がわからない人はこれを賞賛するので、全校に浮付いた音楽が定着してしまう。本来華やかなことが悪いわけではないが、適切でなければ調子がいいだけになってしまうので注意しておきたい。

歌うことにも、ピアノやオルガンなどを弾くことにも、最も重要なのは正確さである。十九世紀最大のピアニスト、ハンス・フォン・ビューローは、ピアノの練習に大事なこととして、正確な方法、正確な時間、正確に音符を演奏すること、の三点を挙げている。演奏者は作曲家の作品に絶対に手を加えてはならない。歌も楽器の演奏も楽譜通り正確でなければならない。楽譜に手を加えることはもちろん、口の開け方や手の動きにもまた正しいルールがあり、勝手に変えてはならない[⑤]。正確さは音楽をよく理解するための唯一の道なのである。

浅はかな人は浮付いた退廃的な音楽を聞いて満足するが、高尚な人は聞いてはならない。もし隣人がそのような音楽を歌ったり演奏したりして聞かざるを得ない場合はどうしたらいいのか。馬援《ばえん》（前一四―四九、東漢の軍事家）が兄の子を戒めた口調を借りてお伝えしよう。「吾欲汝曹聞曲趣卑下之音楽、如聞父母之名、耳可得聞、口（手）不可得唱（弾）也（低俗な音楽を聞いたら、両親の名前を聞いたように、耳では聞いて、口〈手〉では歌わない〈弾かない〉でほしい」

『音楽初歩』（上海北新書局一九三〇年五月初版）の序章より

⑤『音楽入門』一三一頁および『洋琴弾奏法』（上海開明書店一九二九年出版、豊子愷・裘夢痕共著）四頁参照。

ビクトリア女王が恐れたもの ── 歌について ──

第三回の講演で、ドイツの大音楽家フェリックス・メンデルスゾーン（一八〇九－一八四七）が、管弦楽の総譜を何も見ずに書き起こしたという、驚くべき記憶力の話をした。今日もこの大音楽家にまつわるエピソードを紹介しよう。

メンデルスゾーンの名前「フェリックス」には「幸せ」という意味がある。その名前にふさわしく、彼は『幸せ』な一生を送った。ユダヤ人の大富豪であった父親は当時有名な銀行家で、子供の教育に大変配慮していた。息子の趣味の音楽のためにわざわざ教師を招いたり、自宅に管弦楽団を設立し息子の練習に使わせたりもした。彼の少年時代の学習環境はそれほどまでに恵まれていたのだった。

学業を終えた後も、より素晴らしく幸せな生活を送った。そしてその音楽の才能は早くから世に認められた。十七歳の時の作品『夏の夜の夢（A Midsummer Night's Dream）』は完成後すぐに演奏され、観衆の大喝采を浴びた。後に世界の大音楽家となったメンデルスゾーンは、ドイツだけでなくヨーロッパ中の音楽界に名を馳せ、どこのコンサートでも彼の作品が演奏された。当時、イギリスのビクトリア女王とその夫アルバート公はこの青年音楽家を大変敬愛し、メンデルスゾーンがロンドンを訪れる度に手厚くもてなしていた。感情豊かで音楽をこよなく愛するビクトリア女王は、宮中でよくコンサートを開いていた。女王自らも歌を披露したが、その多くはメンデルスゾーンの作品であった。

ある日、ロンドンを訪れたメンデルスゾーンがビクトリア女王を訪問した。女王は丁重にもてなし、敬愛の念を表すためにメンデルスゾーンの曲を歌う準備をしていた。宮中のコンサートでいつも独唱している女王は歌い慣れていて、普段は伸びやかに歌っていた。しかしこの日ばかりは大音楽家本人を前にして堅くなってしまい、うまく歌えないようであった。そんな中、オウムの鳥かごが掛かっているのが女王の目に留まり、女王自らそれを取って奥の部屋に移そうとした。メンデルスゾーンが手を貸してくれたのだが、女王はそれで一層緊張してしまい、メンデルスゾーンにまず一曲演奏してもらってから歌うことにした。そこでメンデルスゾーンはピアノを演奏した。女王は続いて歌おうとしたが、今度はあせってしまい、歌声が不自然になってしまった。歌い終えた後、女王は自分自身に不満な様子で、恥じらいの笑顔を見せながらこう言った。「いつもならもっとうまく歌えるのよ……聞いてみるといいわ。でもあなたを前にすると怖いのよ」

女王がメンデルスゾーンを前にして歌うのは学生が先生を前にするようなものだから、自然と怖くなってしまうのだろう。このエピソードから、芸術は世の中の一切の栄華を超越する貴さを備えているのだといえる。政治においてビクトリアは女王、メンデルスゾーンは客人にすぎないが、芸術においてはメンデルスゾーンがあたかも皇帝で、ビクトリアは支配を受ける一市民のようなものである。メンデルスゾーンは声楽の専門家でなく作曲家で、作品はピアノ曲、オペラ、交響曲、歌曲がほとんどである。しかし、音楽研究の基本は声楽であるから、作曲家も声楽に対して一定の鋭い批評力がある。ましてや、女王が歌った曲の作曲者はメンデルスゾーンであり、作曲者を前にして歌うのが怖いのは自然なことなのである。

声楽はすべての音楽の基本であるから、前にもお話ししたように、すべての音楽学習者は将来目指すのが演奏家であれ作曲家であれ、必ず歌の練習から始めなければならない。それでは、次に歌の練習についてお話ししよう。

歌とピアノ演奏の最大の相違点は、歌には曲と歌詞がありピアノには曲しかないという点である。歌詞は文字からなっている、つまり文学の中の詩歌なのだ。厳密にいえば歌は純粋な音楽芸術ではなく、音楽と文学が合わさった総合芸術であるから、歌詞が全くないピアノなどの曲こそが純粋な音楽芸術なのである。文学と音楽は深く関係しているといわれることが多いが、それは歌にあるのだ。文学の詩という材料に音楽の歌曲という方法を組み合わせたものが歌である。合わせて表現される詩と曲がどういう関係なのか、学習者は知っておく必要がある。では、詩と曲の性質についてみてみよう。

歌は詩を材料とし歌曲を方法として表現したものであるから、詩は歌の主体である。よって歌曲を作るときは、先に詩を創作してから曲をつける。詩は自分で書かず、古人あるいは詩人の作品から選んでもいいだろう。要は詩が先で曲が後なのだ。例えば有名な歌曲作家シューベルトは、詩人ゲーテやシェイクスピアの詩に旋律をつけて有名な歌曲を作った。シューベルトの作曲方法は、先に詩を繰り返し朗読し、その詩の雰囲気や精神を十分に理解してから曲をつけるというものであった。いつもゲーテの詩集を手にし、部屋でゆっくり歩きながら朗読していた。彼はより深く吟味しながら、詩人がその詩を書いた時の気持ちを体験していたのである。完全に理解したら、その詩の音節から詩の雰囲気にぴったりと合う旋律を見付け出し、ペンを取って五線紙に旋律を書いていく。こうして出来上がった歌曲は、曲と詩のフレーズや雰囲気が完全に溶け合っていて何も言うことはない。これが音楽と文学の最も自然な結び付きであり、最高の総合芸術なのである。逆に、曲が先で詩が後ならば、それほど自然ではなくなり、溶け合うことは難しい。前述のように詩は歌曲の主体なので、結局歌うのは文字を綴った詩であり、そこに音楽の旋律がついているにすぎない。よって作詞が先、作曲が後というのが基本なのである。現在、一般の学校では、校歌や運動会の歌、始業の歌、クラスの歌などを作る際、音楽の教師がまず作曲もしくは選曲して曲の下に文字数を○で示し、それから作詞家に依頼して文字数を埋めるという方法で作詞する。作詞作曲や音楽がわかる人なら曲に歌詞をつけても当然良い作品ができるが、音楽を学んだことがない作詞家なら曲と詩があまりしっくりしないか、おかしなことになってしまうだろう。よって作詞が先で作曲を後にするのが最も適切な方法だといえるのである。

歌曲の制作は前述の通りであるから、学習者はまず歌詞の意味や雰囲気、音節を理解してから音楽に合わせて歌わなければならない。歌を学ぶ本来の順序は曲を練習してから歌詞をつけて歌うのだが、歌詞をつける前には歌詞を吟唱して、内容や意味、雰囲気を十分に理解してから歌ってほしい。

「詩は歌曲の主体である」ため、歌の練習の前にまず歌詞の内容と意味を十分に理解する必要があるということはこれまで述べてきた通りだが、歌詞に過度にこだわって曲をおろそかにすると、さらに大きな間違いが起きてしまう。「曲は歌曲の精神である」ということもしっかりと覚えておいてほしい。

曲は音の高低・長短・強弱がいくつも組み合わさったものである。この音の組み合わせで趣が表現される。音は意味を表すことはできないが、この趣こそが歌曲の精神なのだ。歌を学ぶことは、人と知り合うことに似ている。詩の理解はその人の容姿を、曲の理解はその人の精神や思想を理解することに似ていて、人の容姿を理解するのは簡単であるが、精神や思想を理解することは難しい。それと同様に、歌曲も詩は理解しやすく曲は理解しにくいのである。詩は字句から成り、字句は具体的な意味を表すので、人はそれを知力で認識できる。曲は音からなるが、具体的な意味を表わさず、抽象的な『音楽言語(music language)』を表すだけである。音楽言語は知力では認識できないために感情で味わう必要があり、それは普通の言語よりも奥深いのである。よって曲は詩よりも重要なのである。

そのため、歌の練習では歌詞にのみ重点を置くのではなく、曲に集中してその音楽を表現するよう努めなければならない。歌詞だけを理解して曲が理解できなければ、その歌はまるで肉体だけ発達して精神が振るわない人のように、きっと生気がないに違いない。詩を理解すると同時に音楽言語の趣も理解して、ようやく満足のいく歌が表現できるのだ。

歌は人の声で表現する、つまり楽器の代わりに喉で演奏する。喉による発声であっても普通に話すときははっきりとしていれば良く、声色まで求められることはないが、楽器の代わりとするなら特別な鍛錬が必要である。声の鍛練方法は、呼吸練習・声区練習・発音練習の三通りがある。歌を練習する人は、この三通りの練習をきちんとしなければならない。

一．呼吸練習

呼吸練習とは、息を吸ったり吐いたりする練習である。肺から出た息が喉の声帯を振るわせることで声が出、吐いた息の量で音の大きさが決まる。元気な声を出したければ、相応の肺活量の呼吸練習が必要である。呼吸法が正しくなければ、元気な声は出せない。よって歌の基礎は呼吸練習なのだ。

呼吸練習には、①ゆっくり吸ってゆっくり吐く②ゆっくり吸って速く吐く③速く吸ってゆっくり吐く④速く吸って速く吐く、という四つの方法がある。

①ゆっくり吸ってゆっくり吐く方法

直立の姿勢をとって頭をまっすぐにし、両肩を後ろに引いて胸を広げる。口を少し開けてゆっくりと息を吸い、肺がいっぱいになるまで吸う。このとき、肺に入れた空気がもれないように気をつけ、一、二秒止める。それからまたゆっくりと息を吐く。呼吸はゆっくりであるほどよく、これを繰り返す。

②ゆっくり吸って速く吐く方法

息の吸い方は①と同じだが、肺で一、二秒止めてから、速く吐く。吸うときはゆっくりであるほどよく、逆に吐くときは速いほどよい。

③速く吸ってゆっくり吐く方法

①②とは反対に息を速く吸い、肺で一、二秒止めてから、ゆっくりと吐く。

④速く吸って速く吐く方法

速く吸って、肺で止めてから速く吐く。

この呼吸練習は、最初のうちは先生に指導を依頼した方がよい。指揮棒や教鞭を使って呼吸の速さをコントロールしてくれるように頼めば、学習者が自分で練習するよりも確実である。教鞭を持ち上げたら息を吸い、下ろしたら息を吐くようにする。先生は歌の知識があるのでタイミングも上手に計れるが、練習を始めたばかりの人は緩急が一定ではなく、練習効果もそれほど上がらない。そこで、まず先生の指導を受け、その練習法に慣れたら自分で練習すればよい。空気の澄んだ公園で毎朝呼吸練習をすれば、歌の練習になるだけでなく、健康にもよいだろう。

すべての曲の出だしと休止符があるところで十分に息を吸い、歌い出しに備える。休止符がなければ、フレーズが変わるところで素早く息を吸う。この方法は速やかであることが大切である。呼吸でリズムが延びたり、慌てて吸って雑音を出したりしてはいけない。

二．声区練習

人の声はその発声方法により『胸声』『中声』『頭声』の三つに分けられ、これを声区という。普通、男声は『胸声』および『中声』だけである。

歌を歌う場合、高い声と低い声では発声方法が異なる。低音の発声を胸声、高音の発声を中声、さらに高い音の発声を頭声という。この三つの声区を上手に応用して歌を完全なものにすることを、声区の適用法という。

共鳴する状態によって音質は異なる。人の発声器官の構造はオルガンなどの楽器と似ていて、肺はふいご、声帯はリードに例えることができる。気管（胸部）、喉（頭部）、口腔などはいずれも空洞になっていて、その共鳴の状態により声区が分類される。前述した三つの声区やその共鳴する部分の違いなどは、およそ次の通りである。

（一）胸声

いちばん強く響く音。喉と気管を広げ、声帯すべてをふるわせて、胸部全体を共鳴させる。男性で一番重要な声区である。

（二）中声

胸声よりもやや細く、呼吸の圧と量も若干減る。主に喉と口腔部が共鳴する。女性で一番重要な声区である。

（三）頭声

中声よりさらに細く、呼吸の圧と量もより少ない。共鳴する部分は後頭部の内部（喉）である。

声区の違いは、発声器官の形や作用、呼吸の方向や量および圧力などによる。つまり声を胸から出すか、口から出すか、頭から出すかということだ。最初は先生に直接指導してもらって練習し、それからは自分の感覚に頼って音の出る部分を見極め、自己練習すればよい。

三　発音練習

歌曲は歌詞の言葉を歌う。その言葉を正確に読む方法を発音練習という。文字は子音と母音に分かれている。たとえば『花』のピンインはHWA①で、頭の『HW』が子音、後ろの『A』が母音である。A、E、I、O、Uなど母音の発音は始めと終わりで変化がない。一方、子音は始めと終わりの発音が異なる。つまり、発音の始めは子音で、音を伸ばしていくと母音になるのである。『花（HWA）』を延ばして発音すると、最後はAに変わる。歌と普通の会話との違いは、会話の語尾が基本的に短く、歌は逆に長く伸ばすという点である。よって歌の母音は会話よりも大事で、歌では「母音の練習」を重視するのである。発音練習は母音練習が主となる。

① 現代では『花』のピンインはhuaと表記する。

母音は、口の開き具合（下あごの位置）、舌の位置（舌の先、中央、奥側または舌全体を、口の中の下側、中央、上側に置いたときの上あごと舌の間の広さ）、唇の形（下に開く、横に広げる、丸める、突き出すなど）により違いがある。音楽で練習する母音は、A、E、I、O、Uの五つで、各発声の方法はおよそ次の通りである。

A　口を大きく開ける。上下の歯の間に指が二本入るぐらいで、舌は平らにし、口腔下部につけて発声する。

E　口を平たい形にして開ける。上下の歯の間に親指が入るぐらいで、舌の中央を口腔中間部に置いて発声する。

I　口を平たい形にして開けるが、『E』よりも狭い。上下の歯の間に小指が入るぐらいで、舌の前側（舌先ではない）全体を口腔上方部に置いて発声する。

O　口で小さめの丸を作り、親指の幅より少し大きめに開く。舌の奥側を口腔中間部に置いて発声する。

U　口をすぼめて丸を作り、小指が入る程度に開け、唇を突き出す。舌の奥側を口腔上方部に置いて発声する。

この五つの発声法の口の形は、丸形と平たい形に分けられるが、その大きさは異なる。

A　大きい丸形
O　中ぐらいの丸形
U　狭い丸形
E　中ぐらいの平たい形

Ⅰ　狭く平たい形

初めて歌を習うときは小さい鏡を用意して、自分の口を見ながら母音の正確な発音練習をするとよい。母音練習のメリットは次の二つである。

一．歌の文字はすべて子音と母音からなっているので、母音の発音が正確にできると、歌の発声も正確になる。

二．ドレミではなく母音で歌曲の練習をすると、音程練習に効果がある。たとえばA（あ）だけで一曲練習する。つまり曲のすべての音をAだけで歌い、Aの高低のみでリズムを表現する。こうすると、Aに高低差を細かくつけて表現しなければならなくなるので、ドレミで練習するよりも難しくて厳しい。そのため音程練習にとても効果があるのだ。同時に、曲を理解することにもつながる。前述したように、歌曲の精神は音の高低・強弱・長短にある。Aのように一字だけで音の高低・強弱・長短を表現することは、歌曲の純粋な精神を表現することであり、純粋に表現することで学習者の音楽への理解が促進される。

以上、声を鍛える三つの基本の練習方法を一通り紹介した。しかしいずれの方法も先生の指導のもとで行うべきで、完全に独学で行うのはかなり困難である。どんな技術を学ぶにも、講義だけに頼って独学するのではなく実地指導が必要である。講義での説明は、実技練習の補足にすぎない。

三つの練習をきちんと行う以外にも、歌の学習について知っておくべきことがあるので、ここでお話ししよう。すべての美は真実と正しい技術によって生まれる。真実でなく不正確な技術では、それを好む人がいたとしても、決して正当な美ではない。歌の材料は声であるから、その声の真実と正確さを追求することが歌の研究では一番大切なのである。世の中には、表面的にはとても華やかで美しいが、真実と正確な技術がないため低俗になる音楽がいくつかある。芸術をあまり理解していない人は華やかで美しい歌を好んで歌い、本当に正しい基本練習はつまらなくてやりたくないと思いがちだ。これは堕落であり、芸術研究をする上での致命傷となってしまう。正しい練習は一時的にはつまらないと思うかもしれないが、研究していけばその深く広いおもしろさを感じ、華やかで美しいだけの音楽が到底及ばないということを知っておいてほしい。そのとき芸術世界への道程がわかるだろう。

音楽は耳の芸術であり、音楽の訓練は耳の訓練である。歌は喉で歌うが、それは表現するための道具にすぎない。歌声の正確さや美しさはすべて耳で聞き分け理解するので、結局は歌も耳の訓練なのである。今までお話ししてきた声の鍛練は、歌の楽器（喉）の使い方の鍛練ともいえる。喉が良くても、耳で聞き分け理解することができなければ完全な音楽は歌えないので、耳の訓練はすべての音楽の基本なのである。耳を鍛えるには、数多く聞く以外に方法はない。コンサートに行ったり、蓄音機で音楽を聞いたり、先生の模範の歌を聞いたりすることは耳の鍛練によいが、大切なのは真剣な態度で聞くことである。芝居を見るような態度では楽しみが主となって自分の好みの曲を選んでしまい、いくら曲を聞いても効果は少ない。

真剣に聞き、感情で音楽の良さを味わい、偏ることなくすべての音楽を鑑賞すれば、芸術研究の道は自然と広がり前進するはずである。最新の蓄音機の音は肉声とほとんど変わらないので、世界で著名な声楽家のレコードを取り寄せて歌の練習に利用すれば、先生の歌を聞くよりも効果があるだろう。

歌は人の声による演奏、つまり体を楽器としている。よって歌う人の姿勢を整えることも重要な練習の一つである。姿勢が悪いと、楽器の構造不良と同じで美しい音は出せない。正しい姿勢で大切なことは、胸を十分に広げ、両手をわきに下ろして体を直立させることである。練習時には座って歌ってもよいが、立って歌う方が理にかなっているので、正式な場では常に立って歌う。また、服はゆったりしているほうがよい。特に胸部を締め付けてはいけない。締め付けられていると呼吸量が減り、自由に歌えない。歌うときの表情は上品で落ち着き、口元に少し笑みを浮かべるのがよい。歌っている間、頭は動かさないようにする。音の高低によって頭を上げ下げせず、手足も動かさないようにする。ただし正確なリズムを取るため、片足のつま先で軽くリズムをとるのはかまわない。要するに、歌う人は浮付かず、おごそかで真剣な姿勢と態度で臨まなければならないのである。現代社会において、歌はゲームのように軽く見られているが、それは芸術を理解していないからであって、芸術に対する侮辱ともいえる。芸術としての歌は厳粛で貴い一種の事業といえるのであって、厳粛かつ真剣な態度で研究に臨むべきである。

『西洋音楽楔子』第五講より　『教育雑誌』（一九三一年五月第二十三巻第五号）原載

唱歌の思い出

私の子供時代とは清朝宣統二年から民国二年（一九一〇―一九一三）を指す。科挙制度が廃止され、学校制度が始まったころだ。故郷の浙江省石門湾に新しくできた小学校で歌った歌のほとんどが『学校唱歌集』（沈心工編）の唱歌だった。嘉興から金可鋳先生という歌の教師（体操兼任）が招かれた。先生はオルガンを弾いて、私たちのクラス（十三、四歳）に歌を教えてくれた。私たちが正式に歌を教わるのは初めてで、とても新鮮な気分だったのを覚えている。教わった歌は忘れられず、五十年経った今でも、可愛らしい曲を何曲も歌える。記憶を頼りに三曲ほど書き出してみた（沈心工編の本は現在入手が困難である）。

これらの曲を思い出すたびに、いつも可愛らしいと思う。子供時代に愛惜があるというわけではなく、確かにいい歌なのである。例えば『揚子江』という歌はメロディーが豪快で奔放だし、歌詞の韻の踏み方も良いので今歌っても遜色ない。『女子体操』という歌は男子の歌う曲ではないが、当時は歌が少なかったので女子がいなくても歌ったのだ（男女共学は後のことで、私が子供のころ女子は入学できなかった）。男の子が歌うなんて今思えばこっけいだが、本当にいい歌詞なのだ。五十年前の当時、沈心工先生は女子の学問や運動を奨励していた上、二十世紀に女性の『英雄』が誕生することを予言していた。そして三曲

揚　子　江

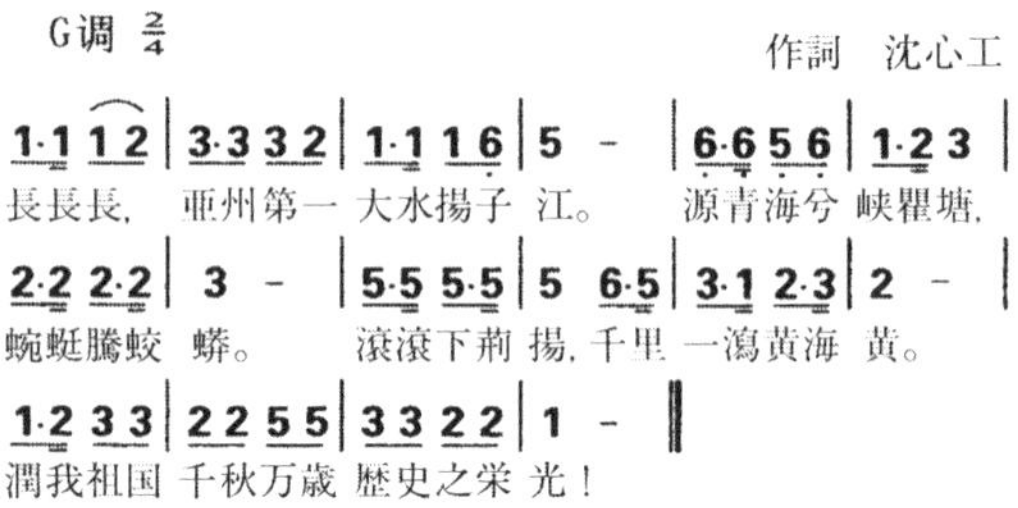
G调 2/4
作詞　沈心工
長長長，亜州第一 大水揚子 江。 源青海兮 峡瞿塘，
蜿蜒騰蛟 蟒。 滾滾下荊 揚，千里 一瀉黄海 黄。
潤我祖国 千秋万歳 歴史之栄 光！

目の花を摘んではいけないという子供への戒めは今でも意義がある。私は『学校唱歌集』の唱歌を一通り全部歌ったが、はっきりと覚えていない曲が多い。

『揚子江』　作詞　沈心工
長長長、亜州第一大水揚子江。
源青海兮峡瞿塘、蜿蜒騰蛟蟒。
滾滾下荊揚、千里一瀉黄海黄。
潤我祖国千秋万歳歴史之栄光！

（訳）
長い長い長い、アジア一の大河揚子江。
源は青海省、上流には瞿塘峡《くとうきょう》があり、くねくねと大蛇のごとく流れている。
とうとうと荊州揚州を流れ、一気に黄海へと向かう。
我が祖国の永遠の歴史の栄光を潤す。

女子体操

C调 3/4　　　　作詞　沈心工

1·3 5 1̇ | 6 1̇ 6 5 – | 4·5 3 1 | 2 – 1 – | 5 5 4 4 |
嬌嬌 這 个　好名　詞，　我們 决 計　不　要！　我既要我

3 5 3 2 – | 5 5 4 4 | 3 5 3 2 – | 1·3 5 1̇ | 6 1̇ 6 5 – |
学問　好、　我又要我　身体　好。　超超 二十 世紀　中、

4·5 3 1 | 2 – 1 – |
吾　輩也是　英　豪！

『女子体操』　作詞　沈心工
嬌嬌[訳注]這个好名詞、我們決計不要！
我既要我学問好、我又要我身体好。
超超二十世紀中、吾輩也是英豪！

（訳）
嬌嬌という この名前、断固としていらない！
学問を学び、元気でいたい。
すばらしい二十世紀では、私たちも英傑だ！

訳注　華奢、か弱くかわいらしい印象の名前。

好　朋　友

C调 4/4
作詞　沈心作
665 - | 665 - | 3335 | 6 - · 0 | 5535 |
好朋友,　好朋友　大家牽了　手。　大家牽了
6 - 53 | 2231 | 5 - · 0 | 6677 | 6 - 55 |
手, 花園　里辺慢慢　走。　好花心里　愛, 愛花
2272 | 6 - · 0 | 2 - 3 - | 556 - | 5323 |
不可随意　採,　留　在　枝頭看,　比在手里
276 - | 5 - 53 | 6653 | 2221 | 2 - · 0 ||
好百倍。　還　有　花的清香　風中吹過　来。

『好朋友』　作詞　沈心工

好朋友、好朋友大家牽了手。
大家牽了手、花園里辺慢慢走。
好花心里愛、愛花不可随意採、留在枝頭看、比在手里好百倍。
還有花的清香風中吹過来。

(訳)

仲良し、仲良し、みんなで手をつないだ。
みんなで手をつなぎ、花園をゆっくり歩くよ。
きれいな花は心で愛でる、花を愛するなら摘んではいけない、
花を枝に残して見よう、手にした花より百倍もきれい。
それに花の香りも漂ってくるよ。

もう一曲はっきりと覚えている曲がある。李叔同

祖　国　歌

C调 4/4　　　　　　　　　　　作詞　李叔同

6625	4−12	4−24	465−	6625
上下数千	年，一脈	延，文明	莫与肩。	縦横数万
4−12	4−65	421−	1166	115−
里，膏腴	地，独享	天然利。	国是世界	是古国、
6544	245−	6556	1−12	4−24
民是亜州	大国民，	嗚乎大国	民！嗚	乎，唯我
421−	1216	5−56	1−12	165−
大国民！	幸生珍世	界，琳	琅 十倍	増声価。
5115	654−	2412	465−	5115
我将騎獅	越崑崙，	駕鶴飛渡	太平洋。	誰与我仗
654−	6625	4−12	4−65	421−
剣揮刀？	嗚乎大国	民、誰与	我 鼓吹	慶昇平?

先生の『祖国歌』だ。一九五七年三月七日付『文匯報』で黄炎培先生が李叔同先生を語った文章の中で、この歌は李先生自ら書いたものであることを例証している。

『祖国歌』　作詞 李叔同
上下数千年、一脈延、文明莫与肩。
縦横数万里、膏腴地、独享天然利。
国是世界最古国、民是亜州大国民、嗚乎大国民！
嗚乎、唯我大国民！
幸生珍世界、琳琅十倍増声価。
我将騎獅越崑崙、駕鶴飛渡太平洋。
誰与我仗剣揮刀？
嗚乎大国民、誰与我鼓吹慶昇平？

（訳）
数千年脈々と続く文明は、他とは比べ物にならない。
縦横数万里、肥沃な土地、天然の利を独り占め。
国は世界で最も古く、国民はアジアの大国民、ああ大国民。
ああ唯一の大国民。
稀なる世界を幸せに生き、素晴らしき名声も十倍に増す。
獅子にまたがり崑崙を越え、鶴に乗って太平洋を渡る。
私と共に剣を持ち、刀を振るのは誰。
ああ大国民、私と共に太平の世を祝うのは誰。

まさに外国からの圧力によって中国各地が侵略され、もうだめかという時期であった。一八九四年日清戦争で日本に敗戦、一八九五年領土を割譲し、賠償金を支払って和議が成立した。一八九七年ドイツが膠州湾を占領、一八九八年イギリスが威海衛を占領、清朝廷ではクーデターが勃発した。一八九九年フランスが広州湾を占領、一九〇〇年八カ国連合軍が北京を占領、一九〇一年賠償金を約定し和議を締結した。当時の志ある青年たちはみな憂いに満ち、意気高らかに愛国の熱意を表現した。李叔同先生がこの曲を作曲したのは、まさにこの時代である[1]。当時、先生は日本から帰国したばかりで、上海の楊白民先生が設立した城東女学校で音楽を教えていた。上海学会の刊行物でこの曲が発表されるやいなや、たちまち全国に広がり、各地の学校で教材として取り上げられた。私の故郷である石門湾は辺鄙な田舎町だが、金可鋳先生も私たちにこの曲を教えてくれた。大勢の小学生が清朝の旗を掲げ、ラッパを吹いたり太鼓を叩いたりしながら声を張り上げて『祖国歌』を歌い、生粋の中国の歌を歌うことを推奨するためにパレードしたことを今でも覚えている。当時、私はまだ李先生を知らなかったし、誰がこの曲を作曲したのかも知らなかった。それを知ったのは小学校を卒業し、浙江両級師範学堂（現浙江省立第一師範学校）に入学してからだった。

当時、『祖国歌』に対する同級生たちの見方は二通りあったと記憶している。一つは田舎っぽくて嫌いだという考えの人たちだ。当時は『維新』を提唱し、なんでも西洋を真似してやみくもに崇拝する者までいた。そういう人たちは沈心工先生の歌（西洋や日本の旋律を採り入れている）を好み、生粋の中国の歌を嫌ったのだ。もともとこの旋律は中国の民間にあったものである。子供のころ、薪売りの慶さんに胡弓を教えてもらったとき、まずこの曲を教わった。その楽譜は『工工四尺上、合四上、四上上工尺……』で、人びとはしばしばこの曲を耳にするので、田舎っぽいと思っていたのだ。もう一方の人たちは、逆に良い曲で歌いやすいと考えていた。しかし、そう思ったのはほとんどが一般の大人たちで、少年たちの中では少数だった。今思えば、民間の曲に愛国の歌詞をつけた李先生の大胆な試みには大変感服する。一般の大

① 『祖国歌』一九〇五年作。李叔同は一九一〇年日本より帰国、一九一二年城東女学校で教鞭を執る。

人のほとんどが『祖国歌』を好きだということから、この曲が広く受け入れられていたことがわかる。つまり中国人の好みに合っていて、民族性を備えているということだ。残念なことに当時は西洋文化を重んじる風潮だったため李先生の後に続く人はおらず、中国の音楽も洋風化してしまったが、近年ようやく戻りつつある。李先生の『祖国歌』は民族音楽提唱の先駆けであったといえる。

どの国の人も自国の音楽を大切にする。沈心工先生の『学校唱歌集』のほとんどは、日本の旋律を採用している。日本人は西洋の歌を真似て自分たちで創作したが、西洋の曲と全く同じというわけではなく、かえって日本らしさが表れている。前に挙げた『好朋友』は日本の国歌とよく似ていて、聞いただけで日本的な感じがする。私たちも当然西洋の技法を採り入れて作曲するが、中国民族の精神を捨てることなく、中国らしさを残さなければいけない。簡単な『祖国歌』が瞬く間に全国各地の子供から大人まで広まったのは、まさに中国らしさに富んでいたからであろう。

北京雑誌『人民音楽』一九五八年五月掲載

音楽の効果

学校の授業のうちで、音楽が一番役に立たないようにみえる。役に立つことといえば、癒される、精神を養う、人格を高めるといったことぐらいで、使えることも大してないらしい。だからほとんどの学校で、音楽の教師以外は美術よりも音楽の授業を軽んじているし、音楽の教師自身が適当に教えていることさえある。

それはこれまで述べられてきた音楽の効果が中身のないものばかりで、実用的なことには触れられてこなかったからだ。これではやる気も起こらないだろう。それはまるで「南無阿弥陀仏と何千回も唱えればこの世の十の功徳が得られる」と言っても誰も信用しないようなものであり、手形を切るばかりで現金を使わずにいやがられるようなものである。

雑誌『中学生』の刊行以来、音楽について触れていないと思うので、ここで音楽の実用面についてお話しするとしよう。

聞いた話だが、日本の九州に女性工員をたくさん雇っている大きな機械工場があり、毎日夜勤の工員は全員が声をそろえて歌わなければならなかったという。歌いながら仕事をすると効率が上がり、他の工場に較べて生産額もかなり高かったが、夜間の勤務時間が長い上に歌声が大きかったので、近隣から眠れないと苦情があった。しかし工場側が聞き入れなかったために訴えられ、訴訟の結果、工場側は敗訴し、歌が歌えなくなった。その後は工員たちの効率が大幅に落ち、工場の生産にも大きく影響したという。

また、こんな話もある。アメリカには文字を書く練習をするためのレコードがあり、その旋律とリズムはアルファベットを書く手の動きとぴったり合っているそうだ。小学生がレコードを聞きながらアルファベットを書く練習をすると、無駄な力が抜けて速やかに書けるようになり、成績も良くなるという。これは田植歌、茶摘歌、船頭歌、紡績歌などに科学的な改善を加えて作られたものらしい。

重いものを担ぐときに発する「杭育杭育（カンユィカンユィ）」という言葉は、建築現場で杭を打つときの歌声が由来かもしれない。私の故郷では（おそらく全国的だろうが）、杭を打つ歌声には鬼神が宿ると考えている人たちがいる。杭を打っている場所は避けて通り、子供は見てもいけない。杭を打つときに近くを通った人の名前などを歌にして打つと、杭が打ちやすくなる代わりに、その人は不運に見舞われて大病を患ったり、体が不自由になったり、死んでしまうことさえあるという。その人の魂が杭と共に打たれるので、重傷を負ったり死に到ったりするらしい。目が見えない、足が悪い、背骨の変形、口が曲がっているなどの症状を、杭打ちを見たせいにするというのはよく聞く話だ。しかし私はいつも杭打ちの現場で足を止め、何を歌っているのか耳を澄ます。彼らはどんな歌を歌っているのだろうか。一人が音頭をとって他の人たちが歌い出す。その旋律は時に吟唱、時に叙唱のようであり、そのリズムは時に力強くゆったりと、時に短く速度を増す。「杭育」以外は何を言っているのかよく聞こえないが、近所の人は、通りがかりの人の名前やその人の特徴を言っているからその声が怖いという。だが、私はとても自然で、偉大で、おごそかだと感じるだけで、別に怖いとは思わない。その人たちが力を込めて歌っているわけでなく、歌を力に変えている感じがするからだ。無理に歌っているのではなく、とても自然なのだ。人の力で何メートルもある大木を地中に打ち込むとは、なんと偉大でおごそかな作業なのだろうか。その歌声は切々と声を上げて訴えているようであり、助けを求めているようでもあり、はたまた敵に突撃し殺気立っているようでもある。このような歌は作業をする際には絶対に欠かせない。みなさんは黙々と杭を打つ姿を見たことがあるだろうか。黙って打っても杭が地中に入っていかないか、あるいは打つ人が吐血してしまうことだろう。これほど実情に合った音楽の効果はない。日本の機械工場が歌を利用したことや、文字を書く練習のためのレコードの制作がここから着想を得ているのは明らかだ。

音楽はまた、病気を治す良薬にもなるそうだ。大哲学者ニーチェはこの効果を自ら体験し手紙に記している。一八八一年十一月、イタリアに滞在していたニーチェは、小さな劇場でたまたま聴いたビゼー（一八三八―一八七五）の傑作オペラ『カルメン』に感動し、この歌のファンになった（この歌は現在では非常に有名で、映画が制作されたり各楽器でこの音楽が演奏されたりし、開明書店の『ハーモニカの吹き方』にも掲載されている）。二回目の公演の際、病を患ったニーチェが無理をして聞きに行くと、その病はけろりと治ってしまった。翌日、ニーチェは友人への手紙にこうしたためた。「最近病を患っていたが、昨夜ビゼーの傑作を聞いたらなんと治ってしまった。この音楽に感謝しているよ」（小泉洽著『音楽美楽諸相』より)。もし『音楽の薬』の薬局を開く人がいたら、この偉大な哲学者の手紙を広告として新聞や雑誌に掲載すればいい。また、日本の音楽学者田辺尚雄のレポートによると、次のような音楽療法の事例が数多く紹介されている。十九世紀初頭、フランス人医師シボールは、よく音楽療法を行っていた。シボールは様々な歌が歌え、それはまるで様々な薬が用意されているようなものだった。彼は治療に来た患者に薬は出さず、歌を歌って聞かせるか、クラリネットを演奏して聞かせた。毎日数回、食前食後または寝る前に続けると、数日で病気が治ったという。また、最良の薬はバイオリンだという人もいる。二百年前のこと、フランスで毎年盛大に行われる謝肉祭で熱狂的に踊った挙句病気になってしまった人に、バイオリンを聞かせて眠りに誘った。その人が目覚めたときにはすっかり良くなっていたという。このほか、未開の地に住む人たちにはより多くの例がある。アメリカのコロンビア川周辺の原住民は、病気になると薬を飲むのではなく、年配の巫女を呼んで大声で歌ってもらい、十五、六歳の若者が木の板で拍子を取りながら合唱する。軽い病気なら一回で治り、重病でも数回歌えば治るという。また、アフリカを漫遊している人によると、アフリカ北東部のヌビア地方では、患者に美しい衣装を着せて高台に寝かせ、台の下でたくさんの若者が歌ったり踊ったりすると病気が治るという。また、アメリカインディアンの医師はみなとても美しい衣装を着ていて、歌って踊れる俳優のようだという。いずれも荒唐無稽で迷信のような話だが、私は李おばさんの子供への対処法を目の当たりにして、荒唐無稽でないと信じているし迷信でもないと思う。李おばさんの歌の発展したものが音楽療法だと思う。うちの子供はしょっちゅう騒いだり、泣いたり、転んだり、おなかを壊したりしていて母親でさえお手上げだったのに、李おばさんだけが治せた。その方法とは歌うのである。子供が騒いだり泣いたりしたら、手をたたいてリズムをとり歌を歌って聞かせると、子供はおとなしくなって泣きやむ。転んだり、おなかが痛かったりして大声で泣き出すと、李おばさんは抱っこして痛いところをさすりながら歌を歌って聞かせる。すると子供は寝てしまい、起きたときには痛みがすっかり取れている。これは偶然ではない。子守歌があるように、歌には催眠作用があるのだ。そう考えると、「寝覚めの歌」「消化の歌」「鎮痛の歌」「解毒の歌」「痰を切り渇きを止める歌」「風邪の歌」などがあってもいい。フランス人医師シボールはこれらの歌が歌えたが、秘方を伝授しなかったために世に知られることがなかったのかもしれない。

最後に、音楽は寿命を延ばすともいわれている。長寿の音楽家の多いことがその証拠だ。以下に挙げてみる。

フランスの名作オペラ作曲家フランソワ・オベール（一七八二―一八七一）享年八十九歳。

イタリアの名作オペラ作曲家ルイージ・ケルビーニ（一七六〇―一八四二）享年八十二歳。

同じくイタリアのオペラ作曲家ジョアキーノ・ロッシーニ（一七九二―一八六八）享年七十八歳。

フランスの偉大なる楽聖フランツ・ヨーゼフ・ハイドン（一七三二―一八〇九）享年七十七歳。

ドイツの作曲家でありバイオリニストのルイ・シュポーア（一七八四―一八五九）享年七十五歳。

もう一人のドイツの楽聖ゲオルク・フリードリヒ・ヘンデル（一六八五―一七五九）享年七十四歳。

有名なオペラの改革者クリストフ・ウィリバルト・グルック（一七一四―一七八七）享年七十三歳。

フランスのロマン派オペラ作曲家ジャコモ・マイアベーア（一七九一―一八六四）享年七十三歳。

イタリアの作曲家ピッチーニ（一七二八―一八〇〇）享年七十二歳。

イタリアの宗教音楽の改革者パレストリーナ（一五二四―一五九四）享年七十歳。

日本の平安時代の楽人尾張浜主《おわりのはまぬし》は、百十数歳にしてなお天皇の前で『長寿の舞』を踊ったという。また、中国の前漢時代、盲目の楽人竇公《トウコウ》は百八十歳にして元気であったという。文帝がその長寿の秘訣を尋ねると「十三歳で全盲になり、それから一心に琴を学んできたため長生きなのです」と答えたという。


こうしてみると、音楽の効果は何もないのではなく、確かに役立つのだ。「癒される、精神を養う、人格を高める」などの効果は空手形ではなく、きちんと保存しておけば将来換金できるのである。

子供と音楽

子供時代に歌った歌は忘れにくく、大人になって聞くと簡単に童心へと返ることができる。

私は忘れっぽいのだが、子供のころの歌は全部覚えている。当時の歌といえばほとんどが光緒年間最後の年（一九〇八年）に出版された『小学唱歌』（沈心工編、商務出版）の歌である。この本はずいぶん前に絶版となっているので今では探すのは難しいだろうが、私の頭にはしっかり焼き付いているページもあって消え去ることはない。主和音（ドミソ）を聞くたび、子供のころに歌った『春遊』を思い出す。

雲淡風軽、微雨初晴、暇期恰遇良辰。
既櫛我発、既整我襟、出遊以写幽情。
緑陰為蓋、芳草為茵、此間空気清新。（以下略）

（訳）
雲淡く風軽く、小雨は今しがた上がった、休暇は偶然にも吉日だ。
髪を梳いて、襟を正し、遊びに出かけ深い思いを書き表そう。
木陰が覆い、芳しい草が萌え、ここの空気はすがすがしい。（以下略）

今、目を閉じて歌えば、当時小路で手をつなぎ足を踏み鳴らしながら空を仰いで声を張り上げ、一緒に歌った友だちの姿が浮かんでくる。季節も場所も問わず菜の花の香りを感じる歌詞もある。だから私はどんなに寂しくても、どんなに悩んだり落ち込んだりしても、子供のころの歌を歌えば慰められ、励まされ、寂しさや悩み、心配事から解き放されて、子供時代の元気さを取り戻すことができる。

また、主和音のリズムが変わると『励学』を思い出す（この曲の旋律も主三和音から始まる）。

黒奴紅種相継尽、唯我黄人酣未醒。

亜東大陸将沈没、一曲歌成君且聴。

人生為学須及時、艶李穠桃百日姿。（以下略）

（訳）

黒人もインディアンも次々と絶え、中国人だけが目覚めない。

アジア大陸が沈みゆく、それを曲として君のために聞かせよう。

人生学ぶ機を逃さずに、花の命は短いのだから。（以下略）

この歌を習った清朝最後の年（一九一二年）は、多難で人心乱れる年だった。先生は三十分もかけて歌詞の意味を教えてくれた。中国の政治がどれだけ腐敗し、人民がどれほど愚かで弱いのか、ここで頑張らなければやがて黒人やインディアンのようになってしまうと、激昂して話してくれた。先生は表情も口調も厳しく、目には涙を浮かべていた。私はこれにいたく感動し、危機的状況の祖国に生きていることがいかに不幸であるかを知った。「亜州大陸将沈没（アジア大陸が沈みゆく）」という歌詞を歌うと、足元の地面が沈んでしまうかのような気がしてドキドキした。

今もこの歌を歌うたびに、どんな気持ちであっても警戒心が高まって奮起し、子供時代の純粋で熱い愛国の心が湧き上がってくる。

どの曲でも、子供のころのある種の気持ちがよみがえる。書き出そうとするともどかしくなる。こんな詩がある。

瓶花妥貼炉煙定、覓我童心二十年。

（訳）

花瓶の花はそのままで、香炉はすでに燃え尽きている、夢の中で見た二十年前の私の童心を探し求める。

花瓶の花も香炉の煙も必要ない。ただ子供のころの歌をもう一度おさらいし、二十五年前の童心をすべて探して取り戻したいだけなのだ。

このことを話すと、いつも心底共感する人がいるから、私一人だけが特別なわけではないだろう。同級生たちは本当に私と同じ気持ちで、私が歌うと、当時の音楽教室の様子を目の前にあるかのように語り、その場にいる人たち全員に美しい憧憬を抱かせてくれる人もいる。これも深くて大きい音楽の力なのだ。音楽で人を感動させる話は古今東西の童話の中に数え切れないほどあり、童話好きの子供ならいくつか例を挙げられるだろう。

私は音楽と子供との関係の深さに驚嘆している。大人の音楽は美酒をたしなむように音楽の素晴らしさを鑑賞し、一時の陶酔を求めるにすぎない。しかし子供が歌を歌うと歌の世界に入り込み、一生忘れることはないのだ。あまたの素晴らしい歌曲をあまたの素養の高い音楽教師に託し、世の中すべての天真爛漫な子供たちに伝えられないものだろうか。音楽は童心を永遠に保つため、それによって次の世代は今よりも平和で幸せになるはずだ。平和と幸福の神は、天真爛漫な童心が存在する世界にしか降りてこない。童心を失くしたうそ偽りばかりの悪い世の中には、平和と幸福の神は影さえも留めないのである。

一九三二年九月十三日

『晨報』に寄稿。病気のため口述したものを陳宝が記録。

女性と音楽

女性と音楽といえば、誰もが似ていると思うだろう。昔から文学や芝居において女性と歌は切り離せない関係であり、合唱でソプラノ（女性の最も高い音域）は欠くことができない。つまり女性の優美な性格と音楽の性質は極めて似ているのである。そう考えると、世界でもっとも偉大な音楽家は女性であって、音楽界も女性によってリードされ、女性音楽家が大勢いるはずである。少なくとも音楽界に女性がいるはずだ。ところが、私が記憶する西洋音楽史の中で女性作曲家は少ないどころか、作曲家でも演奏家でも、Miss や Mistress の文字さえ見かけない。これはおかしい、私の音楽史の記憶が不十分であるか間違っているのではないかとさえ思ったが、一昨年に『音楽の常識』を編纂した際、故人か存命かにかかわらず有名な音楽家の伝記をとことん調べたことがあった。当時この問題について特に気にもとめていなかったのだが、今こうして取り上げてみると本当におかしいと思う。音楽と深い関わりのある女性が、音楽史上に全く登場しないとは。とうとう自分の記憶を疑い始め、かといって詳細を調べる勇気も時間もなかった。

このところ風邪をひいて一週間ほど寝込んでいたのだが、だいぶよくなってきた。医者には風に当たってはいけないと外出を禁じられ、元気になってきたのにどうやってこの監禁生活に耐えようかとあれこれ考えをめぐらせていたが、再びこの女性と音楽の問題にたどりついた。そこであらゆる音楽史の本をベッドに持ち込み、一冊ずつ始めから終りまでめくっていった。十八世紀の古典音楽家ヨハン・ゼバスティアン・バッハから現代の未来派音楽家アルノルト・シェーンベルクまで、全部で一八〇名の音楽家の伝記を調べ、その結果、女性音楽家はただ一人であった。パリ育ちのアイルランド人、オーギュスタ・オルメス（一八四七―一九〇三）である。ヨーロッパでもあまり有名ではない女性作曲家なので、東洋で知る人はいないだろう。残りの一七九名はすべて男性だった。演奏家に女性の名前は見当たらず、逆にあまり喜ばしくないこんな話を見付けた。ハンガリーに有名な女性ピアニストがいた。あるホテルのホールでコンサートを開くことになり、当時ハンガリーで最も有名なピアニスト（音楽史上においても最も有名な音楽家の一人）、フランツ・リストの弟子と肩書を偽って観客を集めていた。この晩、演奏旅行でたまたまこの地を訪れていたリストもこのホテルに滞在していた。リストは弟子を騙る女性ピアニストがいることを知り、コンサートが始まる前に自分の部屋へこの女性を呼んで身分を明かした。すると女性は驚きと恥ずかしさでその場に泣き崩れた。リストは彼女を立たせ、自分の部屋のピアノで曲を弾かせた。するとかなりの名手だったので、リストは称賛し、その場で一言二言指導をした。そして「よし、今からは正真正銘私の弟子だよ」と言い、予定通りコンサートを行うことを許した。女性は感激して涙したという……。この話は一つの事実にすぎず、なにも女性を物笑いの種にしているわけではない。音楽史から女性だけを探していたので自然と目にとまっただけである。

話はそれたが、音楽史上女性のページがないというのは、病床に伏せる私にとって一考に値する問題である。長いこと本をめくって思考をめぐらせていくと、ようやく問題解決の糸口が見付かったようだ。大音楽家たちの伝記の中から女性と深い関わりがある事柄を数多く見付け、女性と音楽の関係に突如気が付いたのだ。その事柄とは何か。まず注目したのは、幼いころ母親に音楽の手ほどきを受けた大音楽家が多いということである。私の手元にある伝記は少ない上にあまり詳しくないので、すべての音楽家について事細かに調べたわけではない。ただ世界一流の音楽家について比較的詳しく書かれている伝記を見ただけでも、十数人が幼いころに母親や姉から音楽教育を受けていた。例を挙げてみよう。

一　近代古典派のゲオルク・フリードリヒ・ヘンデル。幼いころ母親から音楽の教育を受けた。

二　ロシアの近代交響楽作曲家、アレクサンドル・スクリャービン。母親は女性ピアニスト。

三　ピアノの大家、フレデリック・ショパン。ポーランド人の母親の気質を受け継ぎ、その作品も亡国の哀愁が漂う。

四　オペラの改革者、ノルウェーのエドヴァルド・ハーゲルップ・グリーグ。幼いころに母からピアノを教わった。

五　ロシア現代音楽の大家、モデスト・ペトロヴィッチ・ムソルグスキー。「ロシア五人組」の一人。幼いころより母親に音楽を習った。有名な『Reminiscences of childhood』は亡き母に捧げた曲である。

六　ロシアの国民楽派「ロシア五人組」の一人、ミリイ・アレクセエヴィッチ・バラキレフ。母親から音楽を習った。

七　同じく「ロシア五人組」の一人、ニコライ・アンドレイェヴィチ・リムスキー＝コルサコフ。母親が気を配り、幼いころに音楽教育を受けさせていた。

八　ロシアの音楽家、アントーン・ステパーノヴィチ・アレーンスキイ。両親とも音楽に長けていたので、子供のころはすべて両親から音楽を習った。

九　アメリカの作曲家、ジョージ・ホワイトフィールド・チャドウィック。母親が音楽に長けていた。

十　オーストラリアの作曲家、パーシー・オルドリッジ・グレインジャー。母親からピアノを教わった。

十一　ロシアの現代音楽の大家、アレクサーンドル・コンスタンティーノヴィチ・グラズノーフ。母親は「ロシア五人組」の一人であるバラキレフの弟子で、幼いころにその母親からピアノを教わった。

十二　フランスの交響曲の詩人、クロード・アシル・ドビュッシー。幼いころにショパンの弟子である女性音楽家に習った。

十三　現代世界で最も偉大なオペラ作曲家、ヴィルヘルム・リヒャルト・ワーグナー。幼いころ姉に音楽を習った。

以上、すべて世界一流の音楽家である。私の記憶では、文学者や画家の伝記で母親が教えたという例は音楽家のように多くはない。音楽家だけが母親から教わるというのには何か理由があるはずだ。このことから、女性の性質は音楽の学習に似ていて、女性は音楽を伝えやすいのではないかと推測できる。

次に注目したのは、大音楽家たちの恋愛遍歴およびその恋人たちが芸術に大きく影響している点である。世界的に最も有名な音楽家のうち、恋愛経験もなくこの世を去った短命の天才シューベルトと気の荒い妻を持ったハイドンの二人が女性とはあまり縁がなかったのを除いて、ほとんどの音楽家に奇想天外な恋愛歴があり、恋に悩む中から偉大な作品を生み出している。すぐ思い浮かぶのはベートーベンの「不滅の恋人」である。

ベートーベン作『月光（ピアノソナタ第十四番）』にはこんなエピソードがある。ある晩ベートーベンが靴職人の家に行ったとき、月光の下で盲目の少女がピアノを弾いているのを見て作曲したというのだ。音楽家にまつわるこのようなエピソードは数多くあるが、実は完全な作り話である。実際には恋人ジュリエッタへの情熱的な愛を表現するために作曲されたのである。原題は『Sonata quasi una Fantasia（幻想曲風ソナタ）』、しかも初版には「ジュリエッタに捧げる」と明記されている。『月光』というタイトルとそれにまつわる物語はすべて後世にでっちあげられたもので、ベートーベン本人は知る由もない。このタイトルは音楽出版関係者が販路を広げるために思い付いたもので、物語も作られたものだといわれている。しかし後世にもタイトルと物語が語り継がれ、誰も訂正しないのにはわけがあるのだろう。曲の趣が月夜の光景によく似ていること、物語が伴えば音楽を学ぶ人たちに注目され、子供たちの音楽への興味を十分引き出せることなどから語り継がれてきたのだと思われる。テーマからそれたが、ここで言いたいのはベートーベンの人生における恋愛への激しい思いだ。ベートーベンには恋人が多く、相手を「不滅の恋人」と呼び、いつも少女たちのご機嫌をうかがっていた。彼の友人リースによると、リースが三人の美しい娘がいる裁縫店に間借りしていたころ、ベートーベンは毎日訪ねてきたという。

次に思い浮かぶのは、フランスの交響楽曲の詩人ベルリオーズの『stormy love』である。ベルリオーズの生涯は恋愛の連続で、顛末の詳細は覚えていない。一番多く語られるのは、不朽の名作『幻想交響曲（Symphonie Fantastique）』にまつわる物語である。当時、イギリスにシェークスピアの劇を得意とするスミスソンという女優がいた。もとより文学が好きでシェークスピアを尊敬していたベルリオーズは、哀れなオフィーリアを演じたスミスソンを見て熱烈な恋心を抱く。しかし当時貧乏な音楽学生だったベルリオーズなどスミスソンの眼中には入らなかった。この届かぬ思いから『幻想交響曲』が誕生した。その後、ほかの女性との新たな恋が生まれたが、その女性はベルリオーズを裏切って別の男性と結婚してしまった。これに恨みを抱いたベルリオーズは、女装してピストルを手に復讐し自らも命を絶とうとした。しかし、その途中に大自然の美しさを目にし、自分には輝ける未来があると気が付いたベルリオーズは、すべての怒りを捨てて作曲に没頭した。そんな中、懐かしい『幻想交響曲』に手を加えて自らコンサートを開き、片思いだったスミスソンの前で彼女をモデルにした『幻想交響曲』を演奏したことが彼女の心を強烈に動かして、とうとう二人は結婚した。ところが、結婚後の夫婦仲は悪く、服毒自殺を図ったり、離婚したりと、数奇な事件がいくつ起きたかわからない。こうして届かぬ思いを書きとめた『幻想交響曲』が後世に残る結果となった。この曲は、失恋した青年がアヘンによる服毒自殺を図り、深い眠りに陥った心境（少量だったので自殺未遂に終わった）を描写したものだとベリオーズ本人が語っている。

世界の偉大な音楽家、特に近世ロマン派の人たちには多くの恋愛遍歴がある。ロマン派で最も有名なシューマンにはクララという恋人がいた。シューマンの名作がそのクララとの素敵な恋愛および新婚時代に作られたという話は、音楽に関心のある人たちの間ではよく知られている。ショパンの恋愛の多さもベルリオーズに劣らず、『模範的な恋人』と呼ばれていた。さらに前述の弟子と偽った女性演奏家と会ったリストは、かなりの女性好きだったという。生徒はすべて女性で、男性はとらなかった。授業の後、成績の良い女生徒には額にキスをし、その女生徒もリストの手にキスをするというようなことは日常茶飯事だった。そのためリストの父親は亡くなる間際に「気を付けなさい。女性はお前の人生を破滅させるだろう」と口をすっぱくして言ったという。

今、挙げた音楽家の恋愛遍歴は際立ったものである。芸術家のうち、女性と最も深い関係にあるのは音楽家だと思う。詩人の中にもバイロン、シェリーなどのように恋愛騒動のある人がいるが、音楽家ほどではない。画家はまじめらしく、平穏である。この点において、やはり音楽芸術の『女性との特別な関わり』という特徴が印象に残る。

最後に、近世の大音楽家ワーグナーの女性を賛美した記録をめくっていたら、女性と音楽との関係がより一層はっきりした。ワーグナーも生涯多くの恋愛をしたが、ワーグナーの女性に対する見方は特別だった。彼は極端に女性を崇拝していて、「永遠の女性」という賛美の言葉を使った。女性の欠点を音楽に時おり現れる不協和音になぞらえ、すべてが和音の源だと考えていた。[1] こんな話がある。ワーグナーの妻は音楽がわからなかった。ある時、オウム好きのワーグナーに友人がこう言った。「なんてやかましい伴侶なんだ」するとワーグナーは「いや、賑やかなのはおもしろいじゃないか。妻はピアノが弾けないから代わりにオウムが歌ってくれるんだよ」と答えた。この機転の利いた会話に深いヒントが隠されているではないか。また「永遠なる女性」について、ワーグナーは友人のウーリッヒに宛ててこんな手紙を書いている。

「柔らかく優美な心が私に付き添ってくれるので、私の芸術は常に成長している。世の男性が世俗に次々と流されていく中、女性は常に人情味ある温かさを失わない。なぜなら女性の精神には優しさと潤いが宿っているからだ。よって女性は人生の音楽なのだ。女性はいかなることも誠意をもって受け入れ、無条件に認めてくれて、熱い思いやりで美化してくれる」

「男性社会に少しの喜びも輝きも感じられないときでも、私は女性の中に輝く恍惚の境地に向かわせるものをしばしば感じる」

「私の事業（ワーグナーのオペラ）は波に乗り始めて、その成果も大きくなりつつあるが、心が癒され高尚になるとき、人はただ感激して喜ぶにすぎない。その根源を探らないだけで、これは『永遠なる女性』の恵みなのだ。私の心の中の威厳に満ちた輝きと人生の温かみある楽しさは『永遠なる女性』だけなのだ。潤い輝く女性の瞳は、すがすがしい希望で私をたびたび満たしてくれる」

「女性は人生の音楽だ」その通り！　そうか、女性自身が音楽だったのだ。男性であるベートーベンやワーグナーは、女性のために音楽を作った。女性からインスピレーションを受け、女性を題材に音楽を作ったのだ。音楽において男性は創造者であり、女性は享受者なのだ。男性が種子で女性は土壌、そして音楽という花は種子から生まれ、土壌の滋養を受けて咲き誇る。人はどの種子から咲いた花かということには注目するものの、その花が土壌の滋養を受けて土壌の上で育ち、土壌が手にしているものだということを知らない。そう考えると、これまで音楽家たちが母の教えを受けたこと、恋愛遍歴が多いこと、女性の性質が音楽に近いこと、女性が音楽を伝えるのに長けていること、音楽芸術が女性と特別な関係にあることなど、すべての理由が推測できる。そして音楽作家たちがこれまですべて男性で女性がいないのは当然であり、なにも不思議ではないということがわかる。

永遠なる女性！　芸術の中で最も優れた音楽をあなたたちが有しているとは、この上ない光栄ではないか。どうか自分を大切にしてほしい。

民国十五年（一九二六年）冬至、『新女性』寄稿

---

① 近代の作曲では故意に不協和音を用いている。

■著者紹介
豊 子愷（ほう しがい）

近代中国の代表的な漫画家・散文家・翻訳家。
1921年（大正10年）日本に短期留学した際、竹久夢二と親交をもち、大きな影響を受ける。子供をこよなく愛し子供向け文学作品を数多く執筆するほか新聞に「子愷漫画」の名でひとコマ漫画を発表し「漫画」という言葉を中国で広めた。その他にも「源氏物語」や夏目漱石の「草枕」の翻訳をしたことでも有名。

■監訳者紹介
日中翻訳学院（にっちゅうほんやくがくいん）

日本僑報社が「よりハイレベルな中国語人材の育成」を目的に、2008年9月に創設した出版翻訳プロ養成スクール。

■訳者紹介
藤村 とも恵（ふじむら ともえ）

長野県出身。深圳大学語学留学課程修了、現在広東省深圳市在住。日中翻訳学院武吉塾を第四期より継続受講中。

豊子愷児童文学全集 第2巻 少年音楽物語
2015年11月25日 初版第1刷発行
著　者　豊 子愷（ほう しがい）
監訳者　日中翻訳学院
訳　者　藤村 とも恵（ふじむら ともえ）
編集協力　林屋 啓子
企画協力　Danica D.
発　行　段 景子
発売所　株式会社 日本僑報社
〒171-0021 東京都豊島区西池袋3-17-15
TEL03-5956-2808　FAX03-5956-2809
info@duan.jp
http://jp.duan.jp
中国研究書店 http://duan.jp

2015 Printed in Japan.　ISBN 978-4-86185-193-3　C0036

豊子愷児童文学全集（全7巻）

少年美術故事（原書タイトル）

四六判 並製　1500円＋税
ISBN 978-4-86185-189-6

中学生小品（原書タイトル）

四六判 並製　1500円＋税
ISBN 978-4-86185-191-9

華瞻的日記（原書タイトル）

四六判 並製　1500円＋税
ISBN 978-4-86185-192-6

給我的孩子們（原書タイトル）

四六判 並製　1500円＋税
ISBN 978-4-86185-194-0

博士見鬼（原書タイトル）

四六判 並製　1500円＋税
ISBN 978-4-86185-195-7

2015年10月から順次刊行予定！

※既刊書以外は中国語版の表紙を表示しています。

一角札の冒険

次から次へと人手に渡る「一角札」のボク。社会の裏側を旅してたどり着いた先は……。世界中で愛されている中国児童文学の名作。

四六判 並製　1500円＋税
ISBN 978-4-86185-190-2

少年音楽物語

家族を「ドレミ」に例えると？音楽に興味を持ち始めた少年のお話を通して音楽への思いを伝える。

四六判 並製　1500円＋税
ISBN 978-4-86185-193-3

2015年刊行書籍

春草
～道なき道を歩み続ける中国女性の半生記～

裘山山 著　于暁飛 監修
徳田好美・隅田和行 訳

中国の女性作家・裘山山氏のベストセラー小説で、中国でテレビドラマ化され大反響を呼んだ『春草』の日本語版。

四六判 448 頁 並製 定価 2300 円＋税
2015 年刊 ISBN 978-4-86185-181-0

パラサイトの宴

山本要 著

現代中国が抱える闇の中で日本人ビジネスマンが生き残るための秘策とは？
中国社会の深層を見つめる傑作ビジネス小説。

四六判 224 頁 並製 定価 1400 円＋税
2015 年刊 ISBN 978-4-86185-196-4

必読！今、中国が面白い Vol.9
中国が解る 60 編

而立会 訳
三潴正道 監訳

『人民日報』掲載記事から多角的かつ客観的に「中国の今」を紹介する人気シリーズ第９弾！　多数のメディアに取り上げられ、毎年注目を集めている人気シリーズ

A5 判 338 頁 並製 定価 2600 円＋税
2015 年刊 ISBN 978-4-86185-187-2

新疆物語
～絵本でめぐるシルクロード～

王麒誠 著
本田朋子（日中翻訳学院）訳

異国情緒あふれるシルクロードの世界
日本ではあまり知られていない新疆の魅力がぎっしり詰まった中国のベストセラーを全ページカラー印刷で初翻訳。

A5 判 182 頁 並製 定価 980 円＋税
2015 年刊 ISBN 978-4-86185-179-7

同じ漢字で意味が違う
日本語と中国語の落し穴
用例で身につく「日中同字異義語 100」

久佐賀義光 著
王達 監修

"同字異義語"を楽しく解説した人気コラムが書籍化！中国語学習者だけでなく一般の方にも。漢字への理解が深まり話題も豊富に。

四六判 252 頁 並製 定価 1900 円＋税
2015 年刊 ISBN 978-4-86185-177-3

夢幻のミーナ

龍九尾 著

不登校の親友のために新学期のクラスで友達を作らず次第に孤立する中学二年生のナミ。寂しさ募るある日、ワインレッドの絵筆に乗る魔女ミーナと出会った。

文庫判 101 頁 並製 定価 980 円＋税
2015 年刊 ISBN 978-4-86185-203-9

現代中国における農民出稼ぎと社会構造変動に関する研究

江秋鳳 著

「華人学術賞」受賞！
神戸大学大学院浅野慎一教授推薦！
中国の農民出稼ぎ労働の社会的意義を、出稼ぎ農民・留守家族・帰郷者への徹底した実態調査で解き明かす。

A5 判 220 頁 上製 定価 6800 円＋税
2015 年刊 ISBN 978-4-86185-170-4

中国出版産業データブック　vol. 1

国家新聞出版ラジオ映画
テレビ総局図書出版管理局 著
井田綾 / 舩山明音 訳　張景子 監修

デジタル化・海外進出など変わりゆく中国出版業界の最新動向を網羅。
出版・メディア関係者ら必携の第一弾、日本初公開！

A5 判 248 頁 並製 定価 2800 円＋税
2015 年刊 ISBN 978-4-86185-180-3

2014 年刊行書籍

NHK特派員は見た
中国仰天ボツネタ&㊙ネタ

加藤青延 著

中国取材歴 30 年の現 NHK 解説委員・加藤青延が現地で仕入れながらもニュースにはできなかったとっておきのボツネタを厳選して執筆。

四六判 208 頁 並製 定価 1800 円+税
2014 年刊 ISBN 978-4-86185-174-2

「ことづくりの国」日本へ
そのための「喜怒哀楽」世界地図

関口知宏 著

鉄道の旅で知られる著者が、世界を旅してわかった日本の目指すべき指針とは「ことづくり」だった！「中国の『喜』」「韓国の『怒』」などそれぞれの国や人の特徴を知ることで、よりよい関係が構築できると解き明かす

四六判 248 頁 並製 定価 1600 円+税
2014 年刊 ISBN 978-4-86185-173-5

必読！今、中国が面白い Vol.8
中国が解る 60 編

而立会 訳
三潴正道 監訳

『人民日報』掲載記事から多角的かつ客観的に「中国の今」を紹介する人気シリーズ第 8 弾！ 多数のメディアに取り上げられ、毎年注目を集めている人気シリーズ

A5 判 338 頁 並製 定価 2600 円+税
2014 年刊 ISBN 978-4-86185-169-8

中国の " 穴場 " めぐり
ガイドブックに載っていない観光地

日本日中関係学会 編著

中国での滞在経験豊富なメンバーが、それら「穴場スポット」に関する情報を、地図と写真、コラムを交えて紹介する。

A5 判 160 頁 (フルカラー) 並製 定価 1500 円+税
2014 年刊 ISBN 978-4-86185-167-4

日本の「仕事の鬼」と中国の＜酒鬼＞

冨田昌宏 著

鄧小平訪日で通訳を務めたベテラン外交官の新著。ビジネスで、旅行で、宴会で、中国人もあっと言わせる漢字文化の知識を集中講義！

四六判 192 頁 並製 定価 1800 円+税
2014 年刊 ISBN 978-4-86185-165-0

大国の責任とは
〜中国平和発展への道のり〜

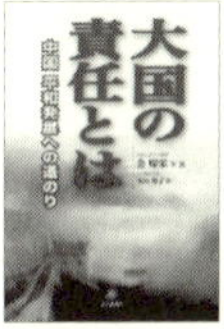

金燦栄 著
本田朋子（日中翻訳学院）訳

中国で国際関係学のトップに立つ著者が、ますます関心が高まる中国の国際責任について体系的かつ網羅的に解析。世界が注視する「大国責任」のあり方や、その政策の行方を知る有益な 1 冊 .

四六判 312 頁 並製 定価 2500 円+税
2014 年刊 ISBN 978-4-86185-168-1

中日　対話か？　対抗か？
日本の「軍国主義化」と中国の「対日外交」を斬る

李東雷 著　笹川陽平 監修
牧野田亨 解説

「日本を軍国主義化する中国の政策は間違っている」。事実に基づき、客観的かつ公正な立場で中国の外交・教育を「失敗」と位置づけ、大きな議論を巻き起こした中国人民解放軍元中佐のブログ記事を書籍化。

四六判 160 頁 上製 定価 1500 円+税
2014 年刊 ISBN 978-4-86185-171-1

「御宅（オタク）」と呼ばれても
第十回中国人の日本語作文コンクール受賞作品集

段躍中 編

今年で第十回を迎えた「中国人の日本語作文コンクール」の入選作品集。日本のサブカルの " 御宅 (オタク)" 世代たちは「ACG（アニメ、コミック、ゲーム）と私」、「中国人と公共マナー」の２つのテーマについてどのように考えているのか？

A5 判 240 頁 並製 定価 2000 円+税
2014 年刊 ISBN 978-4-86185-182-7